一九五三年一月出生于湖南省。一九六八年初中毕业后赴湖南省汨罗县插队务农，一九七四年调该县文化馆工作，一九七八年就读湖南师范学院中文系。先后任《主人翁》杂志副主编（一九八二年）、湖南省作家协会专业作家（一九八五年）、《海南纪实》杂志主编（一九八八年）、《天涯》杂志社长（一九九五年）、海南省作协主席（一九九六年）、海南省文联主席（二〇〇〇年）等职。

主要文学作品有：短篇小说《西望茅草地》《飞过蓝天》《归去来》等，中篇小说《爸爸爸》《鞋癖》等，散文《世界》《完美的假定》等，长篇小说《马桥词典》《日夜书》《修改过程》，长篇随笔《暗示》《革命后记》，长篇散文《山南水北》《人生忽然》；另有译作《生命中不能承受之轻》《惶然录》。

曾获中华优秀出版物奖、鲁迅文学奖、萧红文学奖、华语文学传媒大奖年度小说家奖、美国纽曼华语文学奖等重要奖项，另获法兰西艺术与文学骑士勋章。作品有四十多种译本在境外出版。

修改过程

长篇小说

韩少功 著

上海文艺出版社

— 自序 —

　　眼前这一套作品选集，署上了"韩少功"的名字，但相当一部分在我看来已颇为陌生。它们的长短得失令我迷惑。它们来自怎样的写作过程，都让我有几分茫然。一个问题是：如果它们确实是"韩少功"所写，那我现在就可能是另外一个人；如果我眼下坚持自己的姓名权，那么这一部分则似乎来自他人笔下。

　　我们很难给自己改名，就像不容易消除父母赐予的胎记。这样，我们与我们的过去异同交错，有时候像是一个人，有时候则如共享同一姓名的两个人、三个人、四个人……他们组成了同名者俱乐部，经常陷入喋喋不休的内部争议，互不认账，互不服输。

　　我们身上的细胞一直在迅速地分裂和更换。我们心中不断蜕变的自我也面目各异，在不同的生存处境中投入一次次精神上的转世和分身。时间的不可逆性，使我们不可能回到从前，复制以前那个不无陌生的同名者。时间的不可逆性，同样使我们不可能驻守现在，一定会在将来的某个时刻，再次变成某个不无陌生的同名者，并且对今天之我投来好奇的目光。

在这一过程中，此我非我，彼他非他，一个人其实是隐秘的群体。没有葬礼的死亡不断发生，没有分娩的诞生经常进行，我们在不经意的匆匆忙碌之中，一再隐身于新的面孔，或者是很多人一再隐身于我的面孔。在这个意义上，作者署名几乎是一种越权冒领。一位难忘的故人，一次揪心的遭遇，一种知识的启迪，一个时代翻天覆地的巨变，作为复数同名者的一次次胎孕，其实都是这套选集的众多作者，至少是众多幕后的推手。

感谢上海文艺出版社，鼓励我出版这样一个选集，对三十多年来的写作有一个粗略盘点，让我有机会与众多自我别后相逢，也有机会说一声感谢：感谢一个隐身的大群体授权于我在这里出面署名。

欢迎读者批评。

二〇一二年五月

目录

- 1　第一章　作者你别躲
- 9　第二章　抗议者
- 18　第三章　他和他的心
- 24　第四章　暖心故事
- 33　第五章　诉讼要件
- 43　第六章　都是米米
- 54　第七章　前卫派
- 67　第八章　咱们干部子弟
- 73　第九章　最新情况
- 78　第十章　保卫共和

86	第十一章　天堂里的人间烟火
96	第十二章（A）　体育新星
108	第十二章（B）　紫罗兰和玫瑰花
120	第十三章　古代雅语
131	第十四章　情怀案
141	第十五章　"解放军叔叔"
154	第十六章　马半席
160	第十七章　国际人身份
167	第十八章　重新开篇
179	第十九章　现实很骨感
186	第二十章（A）　花花太岁
198	第二十章（B）　飘魂
205	链接一　一九七七：青春之约
227	链接二　补述一则

第一章　作者你别躲

"为什么不接电话？"

"你谁？"

"别装蒜！同老子玩消失没用。"

"你谁啊？"

"别说信号不好，你那猪耳朵听不清。"

"一尘啊？"

"后悔没来得及换卡，是吧？"

"我又不躲债，又不贩毒，凭什么要换卡？"

"少废话，快回家，我这就来。"

"有何指示……阁下不能在电话里说？"

"这事天大，你揣着明白装糊涂？"

"喂，喂，我还在学校开会，一时离不开……"

"离不开也得离，快些给我滚回去！"

陆一尘狠狠挂断电话，冲出公用电话亭，朝四下里扫一眼，确认没什么异常，叫上一辆出租车，怒冲冲扑向河对岸万家灯火。

其实，人家肖鹏近来也没做什么大不了的事，只是当作家上瘾，在网上又挂出一篇连载小说，把他写成了小说人物。这样，陆一尘就成了小说里的陆哥，看见了小说所描写的立交桥和小公园，还有自己此前不曾在意的报刊亭和牛肉面馆。说来有些怪，还真有这一家面馆，还真有面馆前这一片地铁工地，真有工地围板上一个安全警示黄闪灯，在车窗外一闪而过。陆哥此时太想找到小说里没有的东西。

他掐掐胳膊，确认自己痛，确认自己真实，是个有痛感的活人，于是觉得小说并不完全是文字——或者说那些文字也有硬度和重量，可能会抓挠，会咬人，会狞笑的。不是吗？他曾读到这么一段，书本里一个人脱上衣时，露出背上十几只眼睛，一齐眨巴眨巴绽开睫毛……当时就吓出他全身的鸡皮疙瘩，还有日后的噩梦。那区区一行字，岂不是比毒品更厉害？

他现在就是要冲着文字去算账。臭马桶，你骗骗稿费可以，给老哥们下刀子，要把日子往烂里过吗？你小子遇到什么坎，陆哥也没少帮忙吧。两人不算刎颈之交，也是狼狈为奸吧。你以为碗里没碰上的，以后在锅里就碰不上了？

一个才貌两全的精品男，堂堂大晚报的副总编，居然在对方笔下成了个花心猴。花也就算了，还审美趣味低下。腰肥膀壮那么丑的，信口开河那么傻的，偏偏摊给他陆哥，简直是血口喷人。

照小说里说的，那富婆前不久上了《夜星空》电视综艺节目，浓施粉黛，珠光宝气，不时无端发出少女式尖笑，差点把主持人惊得忘了词。她本该依据脚本谈谈孝道传统，但一谈就跑了题，拦也拦不住，忍不住公布爱情，看上去是她在肚腩蓬勃的花季中年，遇上了一场轰轰烈烈的姐弟恋。男友其实是个普通人，用上流人士谦虚的口吻来说，是个很普通很平凡的人，名扬业界却平易可亲。至于模样嘛，不用说了，戴上墨镜一甩头发差不多就能上那明星杂志封面——但那个鬼，最会疼人的，就说前不久她过生日吧，他在国外公务，那么忙，那么累，那么日理万机，也不忘准时打来电话，祝卢姐 happy birthday today。

他把她哄笑了，逗开心了，还心细如发，说听到了话筒里的门铃声，让她先去开门迎客。

她舍不得停下电话，说不忙不忙，再说几句。

对方特厚道，猜是她的闺蜜来了，该是她们送生日蛋糕来了，让人家姐妹在门外久等可不太好。

架不住三请四催，女主人这才轻色重友舍己为人，放下电话去开门。没料到门一开，她忍不住再一次尖叫——妈呀，要命的鬼，要命的鬼啊，居然就站在门口，耳边支一部手机，满怀的红玫瑰熊熊怒放。

想你时你在天边，
想你时你在眼前，
……

白马王子单膝跪地献花，送上雄浑的美声，戳破了女人的泪点。直到眼下的录制现场，她还忍不住连哭带笑，用纸巾擦眼窝。

现代的狗血情场还有这一款纯真？现场乐队当即配乐煽情，天幕上的深沉海浪也隆隆升起滚滚扑来，一些女观众感动得泪光闪动。不过，作为远在外地的献花当事人，陆一尘此时却很快发现自己的手机被打爆。至少有五六个女声接连闯进来，在电话里怒骂他骗子，不要脸，去死吧，太恶心了，看我不撕了你，你就是个活该一刀骗掉的种驴……那些话要多难听有多难听。她们最气的好像不是他变心，是竟然骚上了一个假胸假鼻假眼皮的肥妈，而且没骚出什么新套路。你要唱尽管唱，但换一首歌来唱唱，会死人啊？你要骗就骗，但不说东京出差，不说纽约开会，换个牛头镇或蛤蟆湾的地名，就骗不成了？

眼下，随着一辆出租车抵达终点，小说人物陆一尘气冲冲上门声讨作者，这离奇万分的一幕，当事双方都觉得几无可能的情节,偏偏就发生了。肖鹏就是作者。他睁大眼睛,也稍觉意外,半秃的脑袋上几许疏发凌乱。"她们如何猜出了你?我可没让卢大姐说出名字……"他小心寻找词句和自辩的理由。

"又是报社副总,又是金奖朗诵家……你觉得除了我还能是谁?"陆哥气不打一处来,"你以为只有你看电视?你那狗屁小说还流量看涨,污染全世界,她们想不知道也不可能吧?"

主人关上了主妇的卧室门,取来啤酒:"别生气,别生气。我又没写你重婚,没写你做鸭,只是写你老兄魅力无限……"

"呸,这同写梅毒有什么两样?你把快乐建立在别人的痛苦之上,还要吃多少人血馒头?不是吓唬你,你要是逼出什么跳河的、卧轨的、服毒的,你小子负责到底!"

"卢姐的事你敢说就没有?"

"也不能像你那样添油加醋啊。什么'腰肥膀壮',人家是杀猪婆?相扑选手?"

"这容易,我把她写瘦点,改几个词就是。"

"我什么时候单膝跪地了?什么时候飙了散装英语?……"

"亏你也是中文系的,这叫合理夸张。"

"我倒无所谓,但你这是刀笔杀人,人神共愤,懂不懂?我得告诉你,人出来混,总是要还的……"

"你能把我怎么样?"

"我能把你怎么样?"

"别忘了,你不过是我写出来的,并不是真正的你。"

陆一尘怔了一下,"我是你写出来的?什么叫写出来的?呸!老子就站在这里,男子汉大萝卜,顶天立地,眼里揉不得沙子。老子再告诉你一句,世上最毒妇人心!卢姐昨天说了,她钱不多,闲钱也就剩个百把万,买一条人命不够,买条腿买条胳膊还是够的。"

"你见到她了？你梦游吧？你骗谁呢？她也是我写出来的好不好？她现在名字叫卢雪，冰雪的雪。你见的是这个人？"

"你其实心里另有其人，你不要不承认。"

"我为什么要承认？我也没义务一定要写得你满意吧？"

陆哥再次怔了一下，翻了个白眼："嘴硬？那好，那好，你走着瞧。"

肖鹏拉住对方，又点燃一支烟，大概想缓和气氛。"一尘，一尘兄弟，看你这不经事的样，谁叫我们是同学呢，谁叫我喜欢你呢？好吧，宝马车的事我就不写了，人工流产也不写了。我专写你扶危济困、高风亮节，大妈大叔最喜欢的第一暖男，算是感动中国的年度人物。好吧？"

陆哥没理他，深深地埋下头，往一头蓬乱卷发里插入十个痉挛的指头："我一个侄女，才九岁，屁大一点，昨天被我拍了一板屁股，就横着眼睛说……"

"说什么？"

"性侵。"

"性——还侵？"肖副教授差点跳了起来，"小屁孩，也知道性不性的？你不会说这事也同我的小说有关吧？"

"她妈还扬言去法院告我……"

"疯了，你是碰到了一群疯子。她妈没自称是王母娘娘吗？她最好再去告一条，说你同性猥亵，拍了她儿子的屁股，还告你精神强暴，坐了她年轻时的一张照片。对不对？"肖鹏盯了来客一眼，忍不住把对方从上到下打量一番，这才明白对方从小说里冷不防窜出来，不依不饶，胡搅蛮缠，可能确有难过的门槛了。

看来这世界真够乱的，谁都活得有点防不胜防，都活得不易。他不过是在电脑里码几个字，也可能一石激起千层粪。明明是一些好话，充其量是语带诙谐，一不小心也可能成为大规模杀伤性武器，炸得哪里人仰马翻玉石俱焚。看他陆哥真的眼红了，真的哽咽了，痛不欲生不像是装，可能确实伤得不轻，有旁人不知的很多苦处呢。

又是上茶，又是削苹果，一番暖心的抚慰总算结束。陆哥深夜才走人回家，在肖鹏眼里，差不多也就是要回到小说里去，去等待作者刚才一再承诺的"消除影响"和"恢复名誉"。"好，我只能等你一个星期，就一个星期。"他出门前重新戴上口罩，套上棒球帽，外加雨衣裹藏全身，如此复杂的乔装打扮非同寻常，看上去是逃窜，透出一种危急气氛。主人问他车停在哪里。他没好气地说："我还敢开车？"

肖鹏眨眨眼，好像听懂了，相信对方确有危险，车牌号随时可能招来的危险，以至老婆来催他去睡，只是脚步轻了点，突然出现在身后，就吓得他魂飞魄散。

"你怎么不说话？"他搓揉胸口，"吓死我了。"

"你们刚才吵什么呢？"老婆朝他额头戳了一指头，"乐乐上重点学校，人家毕竟帮过忙的。乐乐明年还要上中学呢。"

"你看错了，他不是你那个欧阳老师。"

"他是谁？怎么同欧阳长得这样像？"老婆盯住丈夫的脸，"我看你这一段丢了魂似的，写啊写，写啊写，这下好，写出祸来了吧。"

"去去去，朗朗乾坤，天下太平，有什么祸？"

"他真不是欧阳老师？你能保证？"

"真不是！"

肖鹏催老婆重返卧室，自己却来到书房，关上门，打开电脑，把有关陆一尘的章节调出来重看一遍，看看有哪些确可删改之处，看如何最大程度地为小说人物"恢复名誉"。这天深夜，他重写了有关卢姐的部分，含蓄和委婉了许多，还最终删掉了尚未发表的一章,其内容大概是陆哥带队外出采访时遭遇车祸,不幸压废了一条腿,虽日后行动不便,与女人们闹不成了,玩不成了,却找到了真正的另一半。在这一章中,他居然结识了一个叫小莲的护士。小莲是拿过国家级举重比赛银牌的农村姑娘,浓眉大眼,身强体健,没读过多少书,手脚却特别利索,送病人往返有关诊室,万一担架车不够用,一个公主抱就可以大步流星,大气都不喘。块头再大的汉子在她那里也得乖乖地听话。

陆一尘就是被她的公主抱所感动,在那里嗅到了母亲怀中襁褓的气味。

一条爱情小船,终于停靠在退役举重选手的港湾。肖鹏这样写,完全是出于一片好意,希望写出两人的夫妻恩爱,写出老同学日后幸福而坚实的归属感。但这样写,会不会也引出乱子?车祸可不是小事。谁也不能保证,陆哥就不会推着轮椅前来吵闹,要求肖鹏还一条腿,还他的多彩人生,并且甩出一大沓医疗账单,不拿到补偿决不罢休。更拿不准的是,那个小莲护士会高兴吗?她会不会勃然翻脸,也从小说里冷不防冲出来,老鹰抓小鸡一般,把肖鹏他一把揪到门外,质问他为什么把她写得像一个用人而不像一个爱人,像一个男人而不像一个女人,话里话外是怀疑他们的婚姻吗?她还需要拿出多少证据,来证明他们之间不是交易而是真爱?她老公亲过她多少口,是怎样亲的,亲前亲后说过和做过些什么……你肖大人是不是想听听?你肖大人既然不知道,在这里胡说什么?

肖哥擦擦额上的汗,终于敲下了删除键。

他发现自己也从睡梦中惊醒。

他定了定神,披衣下床转了一圈,发现客厅里桌上没有剩茶水,也没苹果皮,这就是说,谢天谢地,刚才真是一个梦啊,陆一尘那家伙确实不曾来过。

7

《修改》 赵汀阳画

第二章　抗议者

陆一尘与肖鹏是大学同学，都是七七级中文系的。

肖鹏这样写，确定两人之间的一种同学关系，是为了便于展开故事，而且越往下写，越觉得事情本就是这样，不可能是别样——对方绝不是自己在牌桌上认识的那个记者，也不是老婆那个业余合唱团里的欧阳老师，最应该是他往日的同学。没错，肖鹏太熟悉这家伙，一闭眼就能听出对方的脚步声，嗅出早年的气味。他不是最应该成为肖鹏的同学？

七七级是比较特殊的一届。因为"文革"十年里大学一直没招考，待一九七七年全国乱局消停，恢复高考招生，各路大龄青年一拥而入。如此景观既空前又几乎绝后。这些养过猪的、打过铁的、当过兵的、做过裁缝的、混过郊区那些黑厂黑店的，重新进入学堂，给校园增添了许多粗糙面孔。其中一些还有过红卫兵身份，当年玩过大串联和战斗队，甚至在武斗中操过驳壳枪与手榴弹，不是什么省油的灯。相对于应届的娃娃生，他们有的已婚，有的带薪，有的胡子拉碴，有的甚至牙齿和指尖已熏黄，都自居"师叔"或"师姑"，什么事没见过？照有些老师后来的说法，这些大龄生读过生活这本大书，进入中文系，其实再合适不过。让他们挖防空洞、值班扫地、食堂帮厨什么的，也总是高手如云手脚麻利。但话分两头说，在有些管理干部眼里，这些人则是来路不明，背景不清，思想复杂，毛深皮厚，相当于野生动物重新收归家养，让人不能不捏一把汗。

放假了。那年头交通落后，外地学生最愁的是车票，特别是火车票。有人去车站售票厅排队到天亮，挤得浑身冒汗两眼黑，排到窗口时却可能是咔嗒一声关窗，据说是票已售完，只能欲哭无泪。有的女娃还真哭了，哭着在长途电话里喊爸喊妈。师叔师姑们则淡定得多，不觉得这算什么事。他们有的去翻车站围墙，有的去途中爬煤车，有的去路口蹭车，连军车、邮车、囚车、运猪车、殡葬车……都可能成为他们的机会，能蹭上就决不放过。陆一尘还有个老邻居的侄女在票房当差，一经转弯抹角搭上关系，三句五句聊熟了，聊得对方喜笑颜开，也能取来两三张人情票。

在同学们央求下，他进一步助人为乐，凭一头天然卷、一口雪白牙齿和两个深深酒窝，每到放假前便孤军深入，大施美男计，把票房里的很多姐妹逐一搞定。今天给这个买话梅，明天给那个看手相，今天帮这个挑花布，明天教那个跳快三慢四……嘣嚓嚓，嘣嚓嚓嚓，他成为那一女儿国最暖心的骑士。

他一把夺走某个妹子的饭勺，说你再不帮老子，老子就天天用你的勺子喝汤，同你间接接吻！

直气得对方跳脚：

好痞啊！

你好无血！

你太坏了太坏了太坏了……

但姐妹们咯咯咯笑得更欢了。他由此带回一张张车票，解了不少同学的归家之难。

肖鹏有一次觉得车票不大理想："慢车？还站票？"

"你以为我容易吗？"陆哥大翻眼皮，"本大哥为革命奋不顾身，受了好多调戏，才打出一片解放区的天。你小子还挑坐票站票？"

是不容易，太不容易了……外地同学后来察看他臂上的青痕，据说都是被小爪子掐出来的，被小拳头捶出来的，于是大谢陆哥劳苦功高，还一次次请他吃枣吃瓜，推荐他当优秀学生。他的不少作业也由外地同学承包代劳。

只有肖哥不以为然："挨打活该。肯定是他一见卖冰棒的又说忘了带钱，一到还钱又说不想整钱拆零，不挨打才怪。"

这是揭发陆一尘的小气。

娃娃生不知哪一位师叔说的是真，更不知他们见面就杠，见面就掐，从不给对方好脸色，不知到底积有多少旧恨新仇。其实，他们两人关系没那么糟，只是处得越近摩擦就越多，两张嘴都想占个上风，如此而已。

两人是上下铺关系。肖哥经常是衣扣掉了没补，衣服脏了不洗，被女生取了个俄国名"邋遢拉夫斯基"，中译名则为"臭马桶"。但陆哥对俄国乞丐大体上很给面子，笑归笑，骂归骂，警告和控诉不断，却一直没要求换床和换房。大一时写作课，老师爱点名。肖哥若旷课，都是陆哥替身应答，遮掩过去。作为回报，考太极拳科目时陆哥差点挂科，则是由肖鹏借来一副平光眼镜，用烧热的铁钳在头上烫出卷，在脸上抹了两把雪花霜，然后去冒险代考。好在体育老师上课少，来得不多，记不住那么多面孔，只是对他多看了一眼："你叫陆一尘？"

他点点头。

"你好像要高一些吧？"

他急忙绷直腰。

"你好像是有酒窝的啊。"

他赶快脸皮往内收缩，说肉一多，酒窝就填平了。

那一刻，全靠他临危不惧厚颜无耻面不改色，老师最终也没说什么，没对疑点进一步深究，同意他下场冒名开拳。

陆哥有一段热衷于校外的舞会，有时回校时遭遇宿舍关门上锁，只好爬墙和翻窗。管理员抓了个现行，要去校方举报他。这兄弟的事就是自己的事，肖哥不负重托，满口答应帮忙，立刻拿一包烟去把徐大爷迅速摆平："人家是大孝子，晚上是去医院里陪老娘，肯定比你家里的大狗和二狗强得多。你打算陷害忠良啊？"

"哄鬼，一身香喷喷，皮鞋擦得贼亮，是去医院？"大爷根本不相信。

只是大爷已点上了烟，还看了看烟牌子，最终便没去举报。

这种上下铺的友邦状态一直持续到"驱张事件"发生。所谓张，是时任校长张某，以颁布禁校园舞会、禁奇装异服、禁自发社团、禁港台歌曲等著名的"八禁"闻名，是个超级古板的花岗岩脑袋。据说艺术系一位男生患抑郁症，最终跳楼自杀，就与他犯禁和受罚有关。这件事太揪心，立刻激起了学生们公愤。特别是大龄生们没法忍，未婚的老叔老姑也得忍受"禁止学生恋爱"，是不是等到老树枯柴和人老珠黄的那一天？是不是这辈子就得为攀登伟大的知识高峰而无嗣绝后？这大学还没改成修道院和大雄宝殿吧？

那一段陆哥像打了鸡血，投入校园里各种抗议，很少在寝室露面，只留下床头墙上一纸格言：

如果血不能在身体里自由流动，就让它流出，流遍大地！

让人一看就不无澎湃心潮。

肖鹏差一点也激情了，差一点也跟着陆哥去南校区参加集会了。不料一出门就遇到当头烈日，他嫌晒，说吃不消，说要出人命，又是挥折扇又是买冰棒，出门不远就打道回府，革命意志很让同志们看不起。

这一下就拉开了距离。陆哥好几天不来下棋和扯淡，连背影也见不着。有不少陌生人来找他，不时敲敲房门，目光扫一圈，把同样问题问上最新的一遍，很让人烦。这一天，他好容易回来一趟，却有一伙男女斗士随行，好大个阵仗和气场，吃掉了三〇七室所有的剩馒头和西红柿，撞破了一个热水瓶，踩得椅子上泥迹斑斑。是不是顺走了一个乒乓球拍，也十分可疑。是不是有人拿错了一片钥匙，事后也成了悬案。

他们七手八脚往窗外挂大横幅，大概是看中了这个窗口，看中了这里正对篮球场，是文宣造势的最佳位置。

在整个过程中，他没同肖哥说话，几天前他借走的二十元，大钱啊，巨款啊，肖哥很想问的事，他居然也没提。

更恼火的是，第二天肖鹏在梦中惊醒，撩开蚊帐一看，发现差不多又是暴徒们来砸墙揭瓦了，满屋子陌生人把这里塞成了一个肉罐头，又是尖叫，又是抢话，又是敲桌或拍掌，齐刷刷的脑袋一下扭向这边，一下又扭向那边，逐一追踪最新的高见发布者。这伙人似乎正在开会。他们正在争议要写"三条"还是"四条"，争议"盲人骑瞎马，夜半临深池"这种修辞是否酸了点，争议"顺我者昌，逆我者亡"这种口气是否太狠。有人在临时拼接的自习桌前，操一支毛笔就着大纸龙飞凤舞，大概在炮制最新书面声明。

肖哥发现自己的鞋不见了，好容易找齐了天各一方的两只，上一趟厕所，又差一点回不来，被陌生人堵在门外。"对不起，这里没什么好看的，往后退，往后退，听见没有？不是代表的不要进来。"

原来这里已被那伙人征用为会议室。

幸亏有一同学替他作证，说他是这间房的"原住民"，肖哥才得以归窝，闷闷地抽上一支烟。没料到身旁一个女生扬手扇鼻子："这位同学别放毒气弹好不？"

"好歹是大学生，总要讲点道德吧？"女生旁的一位护花使者，牛高马大的平头汉子，也立即拍马向前紧急附和，"没听说学校禁止学生抽烟吗？不觉得这里已经闷得慌吗？不知道二手烟的危害吗？何况人家今天感冒咳嗽。"

陆哥是会议主持者，见情形有点僵，挤过来拍了拍肖哥："算了，你先忍一下。特殊情况，理解万岁。我最后总结几句，他们就散会了。"

肖鹏觉得这拍肩很别扭，过于居高临下，"总结""散会"一类词更扎耳。他虽掐了烟头，却忍不住节外生枝要找回来。"谁偷吃了我的油条？"他把空碗砸在桌上，"来一次就偷一次，特不要脸。谁啊？"

陆哥脸上有点挂不住："对不起，打扰你午睡了，你消消气。不过这时间也差不多了，你看看手表……"

"老子神经衰弱，病号。"

"要不，你移驾到三〇九去睡一下？对不起，你还不知道眼下的形势吧？你听我说，天翻地覆，气势如虹，革命形势一派大好哇。林欣你说，是不是？今天差不多各个系都闹开了，特别人家体育系的，要肌肉有肌肉，要血性有血性，都写下血书啦……"

陆哥身为领袖，却被一个眼镜男生随意插断："说什么呢？废什么话？这世界真是新鲜啊，什么人都有。都什么时候了？我们的好同学死不瞑目，尸骨未寒，在天之灵一直看着我们，看着我，看着你！而我们在干什么？还磨磨叽叽讨论午睡不午睡，该在哪里睡，不可笑吗？不可耻吗？"那人把一条脖子拗来拗去，左右回环，如同颈椎运动，突然大拍胸口，目光扫过周围一张张不争气的脸："在下外语系的，免贵叫皮特，没写过血书，也从不纯洁高尚，但怎么连我都听不下去呢？"

这话很有攻击性，逼得肖鹏脸更红了："血书？"他冷笑一声，"痔疮吧？"

大家一时震惊，不知该笑，还是该及时表示义愤。

肖哥盯住陆哥眼里的震惊："我说痔疮，怎么啦？"他突然手指房门，"看见没有？门在那里。你们小耳朵受不了的，现在出去！"

"天啦！"已有女生惨叫起来，喊出了巨大的心理创伤和求生渴望。

事情闹到这一步，好无趣，好寒心。一阵静默后，又一阵喧哗后，有的交换一下眼色，悻悻地往外撤。人们还免不了一路谴责：什么人呢，太不像话，太自私了吧，这也是大学生……不知是谁走在最后，好像是那个外语系的皮特，气呼呼摔了一把门。

这一摔让肖鹏是可忍孰不可忍，骂来骂去，最后骂上了陆犯一尘的人来疯和假鸡血。他本来不必这样粗鲁的，本来也可以忍一忍的，但谁叫他陆一尘那样人模狗样呢？要说民主，谁都拥护，谁都激动。但烟权也是人权啊。不准抽烟，不准在自己的床头抽，也太过分了吧？还有巨款的不明不白，二十块啊，不是三毛两毛，总得有个说法。你是坐公交车了，是买标语用纸了，是给女生买糖果了，总得有一句话吧？人们只说过高尚是高尚者的墓志铭，没说过高尚是高尚者的小金库。莫非人一高尚，就面子大了一号，就可以不把朋友当朋友，可以不把朋友的钱当钱？

这天，熄灯后的卧谈会照例七嘴八舌。有些室友讥讽肖鹏是叶公好龙，好自由又怕自由，想革命又反革命，不过是鲁迅先生笔下那谁谁谁。还有人谴责肖鹏的嫉妒心，倒是对陆一尘近来的表现表示刮目相看,说他虽领袖气质不太够,稍稍文弱了些,但也算是脱颖而出,给三〇七长脸了。没看见吗,他脑门上常箍个布条,身上口哨、小纸旗、电喇叭什么的装备齐全,总是出现在最显眼处,比方集会的高台上。一二三四五,我们要跳舞!一二三四五六七,中文系的好着急!……你别说,他那花式领喊的效果其实不错,确实别具一格!

　　肖哥愤愤地翻了个身。屁,那家伙不过是公私兼顾,以公谋私,又有一个辅导女青年的机会罢了。不信你们去查,不是艺术系就是外语系,一查一个准。司马昭之心啊,那点小九九瞒得过谁?

　　物理系是电打的,化学系是硫酸烧的,生物系是福尔马林泡的,历史系是出土的,政法系是上布告的,中文系是满脸错别字的……只有外语和艺术那两个温柔之乡,女生比例高,靓妹看不过来,多是都市家庭的天生丽质。这不都是他说的吗?他一直后悔没把洋文学好,是不是还要向外教洋妞伸出罪恶魔掌?

　　肖鹏要打赌,说你们去查,他若不是找花姑娘在哪里手把手地谈理想,谈人生,你们就来打得我贴十块膏药。

　　卧谈者们一个个都笑岔。

　　毛小武警告:"马桶,你别污染下一代好不好?"

　　他下铺的曹立凡立刻回嘴:"别以为就你们老家伙懂。谁不知道呢,自古美女爱英雄。革命时代就是英雄的时代,英雄时代也必是恋爱的时代。"

　　毛小武大惊:"嘿,小屁孩,还读了点书嘛。"

　　"这还要读?"

　　"你挂涎围夹尿片的,未必也有了实干经验?"

　　"毛哥,你别拿辈分压人,拜托啦。在下虚岁十八,四舍五入一下也是二十,放在旧社会,说不定儿子都可以打酱油了。"

"呸，你小子虚报浮夸，蹿得太快了吧？"

大家又笑，当下集体决议，把曹立凡打回到未成年状态，见人得叫叔。他要是不从，就得脱下裤子让大家看毛。他们七嘴八舌一直闹到隔壁或对门的忍无可忍，前来敲门抗议，这才消停下来。

第三章　他和他的心

不知出自何人之手，陆一尘床头的格言招贴竟被涂改成："如果荷尔蒙不能在身体里自由流动，就让它流出，流遍大地！"

这是后话。

晚上，一个卫校的小女生来敲门，是来找陆一尘的。来人绰号咪咪，肖鹏早就认识。陆哥同她处对象时，急于要几首爱情诗词，全靠肖鹏捉刀，《点绛唇》《蝶恋花》什么的让陆哥人文指数大增。

眼下，人家又是冲着人文指数而来，但肖鹏不知动了哪根筋，丢下手头的《基督山伯爵》，借来一辆单车，一心急朋友之所急，驮上咪咪，又上坡，又下坡，在卵石路面上颠出一身冷汗，碰到石阶就吭哧吭哧车骑人，一直扛到学校行政楼，在广播室前使劲拍门："陆犯一尘，快开门，看你怎么谢我——"

陆一尘是播音员，常在这里工作和会友。不过此时他并不在。肖鹏不放弃，又把咪咪驮到图书馆，陆哥也常在那里张罗朗诵会和研讨会的。

还是扑了个空。

见偌大一个图书馆人满为患，好多男女静静读书，妹子觉得不好意思，说算了算了，不找了，耽误了你们的功课。

肖哥说，没关系，他们都是装模作样，这个你不懂。

他不屈不挠，活力无限，要把好事做到头，一拍脑子说有了，再把咪咪驮向外语楼。外语楼在校园里最洋气，有尖屋顶和落地窗，西头还有片橡树林，一棵老树下特幽静，玫瑰暗香袭人。有一张铸铁靠椅，刚够两人坐，是学生们眼里最合适的爱情摇篮——人们不在这里浪漫一下，好像就辜负了只有油画或水彩画里才有的异域风光。

果然，他远远就嗅出了预料中的动静和气息，借一脉路灯余光，见俩黑影正在爱情摇篮里纠缠，其中一位的身影果然眼熟。

他大摇车铃："陆一尘，你滚过来——"

这一声吓得那两个黑影迅速分离。待咪咪跳下车，走过去，再走过去，接下来的却是一连串"啊啊啊啊"，听上去像是撞上毒蝎或马蜂，一时下气不接上气。

"咪咪！"

陆一尘那个眼镜片从黑暗中冒出，手忙脚乱的，声音慌慌的，追向那个突然掉头而去的妹子："咪咪，你听我说……"

"咪咪，你别跑……"

"咪咪，你误会了，你等等我……"

到这一刻，橡树下另一个黑影也晃了，也跑远了，留下小皮鞋在路上一线笃笃笃，还有什么东西狠狠砸在地上的声音。这真是老鼠掉进风箱里两头受气，陆一尘又赶回来结结巴巴："文丽，文丽，你听我解释，你给我一分钟，就一分钟好不好……"

怎么都走啦？不是这样玩的吧？肖鹏其实听到了黑暗中一记清脆的耳光声，知道那是什么意思，却故作惊讶，装费解，装呆若木鸡，装不知所措爱莫能助。他在老橡树下差一点捂嘴窃笑了，回程的路上哼上了小调，故意多绕了一圈，还恨不能在车上来一个心花怒放的倒立。他回到寝室，甚至兴奋得睡不着，在床上吟诵了三两首古诗名篇，一直等到下半夜才听到陆哥推门回窝。不过奇怪的是，对方没来打架，也没叹息，只是借一束手电光，慢悠悠吃了一个苹果，不忘记刷牙和洗脸，好像什么也没发生。

这怎么可能？他肖鹏早把骂人的话准备了一肚子，早把一截废水管藏在枕下，就准备撕破脸的一刻。这血海深仇对方怎么可能咽得下？

第二天中午，据人们事后说，陆一尘走出食堂，在变压间附近的路口，就遇上三个堵在前面的大汉。还没明白是怎么回事，他就被来人一把揪住胸口，一把顶到墙头，眼镜被揪掉，校徽被撸掉，手上的饭盆勺子更不知飞向何处。这事来得太快。幸好室友毛小武路过，见他在围攻之下鼻斜嘴歪，立刻捡起一块板砖上前。

"干什么？三打一，仗人势啊？"毛哥异人异相，一个术后兔唇仍有浅疤，眼睛一瞪就白多黑少，两圆相套，这种面容显然有利于稳定局面。

"没你的事……"一个大汉冲上来推他，不料反被他推了个趔趄。

陆一尘紧紧揪住大救星："他们哪里来的？我不认识他们，真的不认识……"

毛小武继续用板砖指定外来人："滚！滚！滚远点！来这里撒野，没王法了是吧？也不去打听一下，南门口小武爷是吃什么的！"

"你是武哥？"对方好像知道这个名字。三人互相看了一眼，随后有人递上烟，在毛小武耳边急切地嘀咕和比画。武哥没接烟，但大概听明白了，回头时便面有难色："一尘，一尘，这就是你理亏了。处朋友没什么，但你钓了人家妹子，还钓人家的小姨，乱乱乱了嘛。"

"天地良心，我也不想那样，真不想那样……"

"那是哪样？"

"是我的心……"

"心怎么的？"

"小武哥，我拿我的心，没办法啊……"

毛小武没大听明白，不知道他的心怎么了，缺心的他又怎么了，于是再次去找对方交涉，但三五句下来，结结巴巴红了脸。"我说不清了。"他回头摸脑袋，"你刚才说什么来着？你的心……心怎么的？算了，你自己去说。"

"毛哥，你得帮帮我，我真的不认识他们，千真万确千真万确……"陆一尘额上已冒出汗珠。

"不正在帮你吗？这样吧，长痛不如短痛，你好汉做事好汉当。说实话，不打，你没理。打了，你的心又不服。我看就这样，打三拳，一人一拳，这事情两清。"

毛哥朝他背上推了一把。

可怜陆一尘，用他自己的逻辑来说，终遭自己的一颗心连累，或一颗心终遭自己连累，自觉冤屈万分，孤独无助，被整个世界抛弃了，只能走向空空祭坛。他希望路边还有其他同学的熟悉面孔，但最终没等到机会，于是再次被陌生人揪住胸口，还没站稳脚跟，也没听到对方动手前的读数预警，更没准备好男子汉英勇受难的姿态，就眼前一黑，随风而去，在空中手舞足蹈。

"慢——"毛哥举手叫停，上前去大数一、二、三……一直数到十，没见什么动静，俯身看了看，见血了。

他以裁判姿态双手交叉高举，宣布惩戒结束，喝令围观者统统散去。据说事先他与对方就是这样约定的，这事大不大，小不小，三拳封顶，见血即停，余数不补，江湖上的规矩不能坏。

眼看着围观者黑压压的越来越多，三位寻仇者大概也不想惹麻烦，只是骂骂咧咧，朝地上那堆肉啐了一口，尽快离场而去。

这就是肖鹏闻讯赶来时的场景。他埋怨毛小武："哪有你这样帮忙的？你小子就不能枪口一致对外？"

"有错吗？"

"你说三拳就三拳？你是公安局里煮饭的，还是法院里扫地的，也有资格判案子？你就不能喊人去报告保卫处？"

"就是到了法院，也只能这样断吧？"

"你呀你，真是没文化，还算是大学生！"

接下来几天，陆哥不见了踪影，据说是补牙去了，躲到亲戚家清瘀消肿去了，好些天里出门都戴一大口罩，盖住左小右大的一张脸。恰逢上级批准张姓校长请辞，"八禁"的大部分内容取消，第一场舞会破天荒在北院灯光球场举行。那一夜真是青春狂欢，献歌的、献诗的、献舞的精彩纷呈。中文系男生推出了长诗朗诵《共和国之春》。政教系的排演了致敬边防战士的歌舞。艺术系则推出一台模特时装秀。还有一对白发老教师夫妇，跳了一种叫探戈的东西，鬼头鬼脑一惊一乍相互蹂躏的那种，暴露出自己隐藏很深的真面目，惊得学生们眼界大开，热烈鼓掌，口哨声四起。只是音响设备一时尖叫一时哑火，让人焦躁不已。照理说，这都是陆一尘的专营业务，在这种场合不能没有他的主持和领诵，不能没有他上上下下的全局性张罗。但白炽灯下一直没见他的大白牙和大酒窝，有点可惜。

突然停电，球场以及四周楼房都一片漆黑。有人亮起手电筒，有人用打火机献光明，星星点点，四处浮动。有些人说，肯定是校方什么人又在搞鬼，没安什么好心。走，走，再找他们闹一通去……不过还好，电灯不知何时又亮了。于是刚才到底是有人搞鬼，还是常见的电站超载跳闸，人们也就不说了。

再次见到陆一尘时，肖哥已事前扫净了地上的烟头，叠好了被子，洗了袜子和枕套。一只意在剩饭的蟑螂也被消灭。他只差没以一脸谄笑迎接老友。

一个大口罩对他却视而不见。

"老伙计,背上在哪里蹭了灰?"肖哥上去还拍了拍。

大口罩拨开他,爬到上铺,在那里东一下西一下,不知在整理什么。

"你的脸不要紧吧?那天我来晚了一步。依老子脾气,靠,玩邪的,得让他们竖着来横着去……"

上铺仍有东一下西一下的声音,没有回应。

说到最后,肖鹏追出房门解释:"不好意思,一尘,那天咪咪定要找到你,我也是没办法啊,推不脱啊,不也是想成人之美吗?谁想得到呢,偏偏那样巧……"

大口罩爆发雷霆之威,飞起一脚,把路边一块柚子皮踢出老远。直到这时,他身后的肖鹏才伸了伸舌头,知道事情已无可挽回,两人之间的交情怕是到头了。

第四章　暖心故事

马湘南送走海关官员，接到了陆一尘的电话。但他记不起肖鹏这个人，好半天才想起绰号邋遢拉夫斯基，想起一个经常提着棋袋子串门的黑胖子。那就是他吗？当时自己住隔壁的三〇九，串门不太多，而且往事忘得快，这个那个都印象模糊。

那家伙怎么啦？在网上写小说搞人身攻击？还差一点真名实姓地干，搞得圈子里都一个个能对上号？这事简直不算事，好办，很好办。世上总有人活得不耐烦。要玩大家一起玩，他玩纪实文学，我们就玩一点行为艺术，玩一点动作片，看谁玩死谁，看他明天出门还能不能找到小卖部。

马湘南关掉手机时，又有点不以为然。稀奇，这年头居然还有小说，还有神经病来读小说。那些臭烘烘酸掉牙的东西比数学还添堵，比二维码还花眼睛，拿来擦屁股也嫌糙。说不定这一消息也可能是个套，不过是陆哥谎报军情，编个由头先来搭上话，博同情，套近乎，接下来就为他的女子合唱团扎钱？

他哼哼哈哈，只是答应陆一尘，上网去看看。

但他没看上几页，放出两个哈欠，就在沙发上呼呼睡了。再次接到陆同学的电话时，他强撑眼皮，说看了啊，没什么啊。

"你到底看没看？我都替你彻夜难眠了。他写得那样阴损，那样歹毒，一点也不顾及当年同一个战壕的感情。他居然说你当年连岳父大人的字画都敢骗，气得老人家操上拐杖，把你追到火车站。"

"倒也是……有这么个屁事……"

"还说你考场舞弊，跳熄灯舞，你都看到了？"

"在哪里？"

"你还真淡定。马湘南，我算是服了你。你现在当着三个董事长，怎么说也是公众人物，就不怕在外面臭名远扬？且不说你的生意，树活一张皮，人活一张脸，你再宽宏大量，也得让你的律师发个函过去吧，得让你的保镖上门去问候一下吧？兄弟，你一世英名，就要被他毁啦……"

"你给我找到家教没有？"马哥插断对方。

"那事等一下说，我这里还没完呢。"

"我看没什么大事。"

"大河马，你脑袋被驴踢了？"

"只要他不举报老子走私和逃税，他爱谁谁。"

马湘南斜瞟着电视里的足球赛，嚼一块口香糖，不再理睬对方的悲愤。说实话，他对一切往事压根都不感兴趣，甚至觉得姓陆的一张是非嘴，从来吐不出什么金瓜子，什么时候在江湖上碰个鬼，踩一脚屎，也是活该。就拿小说里那一段来说，马湘南算是硬着头皮读下来了，也记起什么来了。嘿，姓陆的那次挨打，被打掉两颗牙，不是自找吗？

其实，那次他马湘南也是半个当事人。他跨一辆边三轮，带斗的绿皮的那种，刚准备回家，就碰到校门口三个可疑的陌生人，打听谁是陆一尘，打听男生四舍在哪里。马哥早已听说过陆哥的复杂情史，那么眼下是什么情况，大概不难揣测。

他还是讲义气的，不愿让室友吃亏，于是回头一溜烟轰去了食堂，在酸菜大葱的气味中一把逮住事主，踢了对方一脚："鬼子进村，十万火急。卷毛鳖，今天有个重要情报，看你今天怎么谢我。"

对方看了他一眼，仍在水龙头下悠悠洗饭盆。

"十块钱，我给你指一条活路。"

"钱是这样抢的？"

"你不想听，不要后悔啊。"眼看对方要走，他又忍痛让利，"算了，八块，八块的菩萨价，便宜给你。"

"你先给我贷点款，我再来做生意。"

"欠着也行，什么时候有钱什么时候给。"

对方眨眨眼，竟向他竖一中指。

这王八蛋，把好心当驴肝肺了，居然恩将仇报。结果怎么样？舍不得几粒米，还不是被仇家捶成饼饼？照他自己事后的说法，他陆哥冤深似海，其实连人家妹子的嘴都没亲，连搂腰也是隔着皮袄和雨衣，干干净净的童子身赤子心，只是在大树下心灵升华，畅谈了一通国家命运，重温了一通不自由毋宁死的时代精神，就惨遭暴力伤害。

事情真是那样吗？好，若真是那样，在马湘南看来这家伙就更该捶——道理再明白不过，他贴上巧克力，贴上甜言蜜语和呕心沥血，最后还赔上皮肉之苦，这种赔本生意是人做的？

陆一尘不但不反悔，事后反而倒打一耙："不怪你怪谁？只怪你平时太贪心，雁过拔毛，见蚊子割肉，害得我没法信你了。"

屁话，他马湘南是贪心，那又怎么样？伟大的市场经济已经潮起全国，就要碾得你们一个个粉身碎骨血流成河了。在这种形势下，贪心就是觉悟，就是进步，就是敢为天下先，就是革命战争年代里的冲锋陷阵炸碉堡。明白不？醒了不？

报考大学时，他马湘南就压根不想进这个中文系，差一点去了农大的食品加工系，以为那里一个个都是美食大厨；再不济，他也得进个畜牧系，享受一下放开肚子吃肉的快乐，想象一下国营店里卖肉大爷的那种神气活现和广受逢迎——这差不多就是民间俗话说的,听筒(医生)轮子(司机)杀猪刀(屠夫),姑爷都得这样挑。那时满街的中国人民都有骨感美,猪肉到哪里都是硬通货。

他当兵三年一直在做这个梦。机炮连里最多他这样的大块头,都是扛重机枪、扛迫击炮的,没一个不是饿鬼,没一个不羡慕炊事班和白围裙。要不是老娘说畜牧系的猪啊羊啊闹心,他决不会改志愿。

但他后来进了中文系,也不觉得复句、修辞格、平平仄仄、创造社和语丝社有哪一点不闹心。一个"和"字,六种读音,有病吧?这里已经由精神病院承包了吧?

情况常常是这样,上午第二、三节课的时候,教学楼正一片肃穆静谧,叭叭叭的摩托声才由远而近,由小到大,一路轰过来,喘息几下渐次消停。然后有两只大皮鞋呱嗒呱嗒,上了一层楼道,拐入二层楼道,绕行长长走廊,一路惊天动地,最后撞开梯形教室的后门。不用猜,那只可能是他的一身将校呢和熊腰虎背,按时隆重驾到。

如此扰民也不算什么。更要命的是,他坐下要不了片刻,那里就可能有鼾声渐起,逐浪推高,令前面的后脑勺纷纷回望。

"马湘南,马湘南同学,你……昨晚干什么了?"一位老教师被他气得两手发抖,粉笔头都掉地上,差点一口气没憋过来,"你……你太伤我自尊了吧。"

班长楼开富事后劝他自我克制,至少不要在课堂上打鼾。
"我不打几声鼾,张老头还真以为自己讲得好。"
"他执教三十年,确实讲得不错的。"
"还不错?讲得我都打鼾了。"
"你鼾声如雷,再好的老师也会讲乱吧?"
这里的因果逻辑不易理顺。

他家住本市，寄宿没多久就改为走读，下课后总是一脚油门踩回家，很多作业交给老娘去做。可怜那厅长夫人，党校教师，因逼迫儿子改过志愿，就得对儿子的学业负责到底，面对儿子甩过来的作业本，只能戴上老花镜，一题一题代为用功。但儿子没想到，天下的真理有可能并不一样，老娘依据另一种教材，其答案也常被老师扣分。"我妈说的！"他不甘心真理的多元化，去讲台那里扒开这个脑袋那个肩膀，缠住老师据理力争，"向毛主席保证，真是我妈说的，不信你去问。"

老师觉得这个争辩理由很怪诞。

老妈再英明也管不了大学，更没法进考场，试卷就只能由他应付了。肖鹏也是个学渣，或者是说是立志要当学渣的怪胎，劝他遇到选择题不妨一字一戳上口诀，笔尖戳哪里就是哪里："一二三四五，上山打老虎，老虎不在家，答案就是它。"不过，这种小学生伎俩实在太堕落，太辜负党和人民。他马湘南毕竟是退伍的上进青年，更愿意串通别人同上厕所，抖尿时三言两语，互相核对答案；或备一顶"考试帽"，帽檐最宽大的那种，掩护他到时候目光四处潜游偷看邻桌笔迹。为对付校方严规，他还曾夹带纸团，靠一根橡皮筋穿过衣袖，另一端绑在裤腰带，到时候即便被老师盯上，只要手一松，纸团迅速弹回袖内，便能让对方查无实证，铩羽而归。

当然，更省心的办法是跟定几个女学霸，紧贴某一位选座，看她写得差不多了，趁监考人不备，刷的一声抢过答卷，剩下的事便再简单不过——大笔一挥，改掉卷上姓名就行。

被抢者痛心疾首龇牙咧嘴，不甘心把他塞过去的白卷再做一遍，要举手告发。他便赶快送上一句抚慰："冰激凌！"

或是一句许诺："进口袜子！"

要不就气呼呼瞪上一眼："小气什么？"

他的舞弊攻略更多表现于贿赂，提上大包小包，在教工宿舍进进出出——在他生意发达后尤其如此。那时他越来越有钱了，靠的是盒式录音带、二手自行车、走私电子表、女性内衣、尼龙袜一类，还包括押运活猪班列下香港，几天下来在漫长铁路线上混一个全身臭烘烘。连班上一个文学社的油印杂志《朝晖》也是他的商机。那不过是同学们的一些诗、几篇文章，纸张和装帧都相当粗糙，每期必余下一堆，塞在三〇六室周主编的床下。他不知何时灵机一动，叫上俩同学帮忙，把剩杂志全搬到大街上，瞄准工厂和机关下班时的人潮滚滚，一边敲打铁皮桶，一边喊得震天响：

快看啦，第一届大学生优秀作文精选啦……

快看啦，望子成龙，望女成凤，可怜天下父母心，知识改变命运，大学生的成功之路就在这里啦……

快看啦，快看啦，限量发行，售完为止。要读中文系，作文有秘密。名教授指导，党政机关订购。看新时期大学生如何脱颖而出啦……

结果出乎意料，一些大叔大妈以为这是高考辅导资料，儿女不可或缺的成功秘籍，纷纷上前哄抢，有的甚至一买数本，享受批发价折扣。

他事后买了五斤肉包子，犒赏了周主编以及几个小兄弟。只是老娘发现了他的包子，急得团团转。"不得了，不得了，你这是非法经营。你一没证照，二不缴税，要犯错误的，要穿黄背心的。"母亲指的是囚服，"你三叔那个娃……"

见他闭眼睡觉懒得回答，妈又苦苦相求："湘儿，你不能再这样了，你得上正路，你得靠拢组织，争取早日入党……"

"入党？"他惊骇万分跳起来，"入成你们这个样？说起来还是个厅长，家里连两把藤椅还是绳子绑的，一台摇头扇还嘎吱嘎

29

吱叫。你老人家,害别人去吧。"

"你这娃……你这娃……你什么时候能让我省省心呢?"

母亲找自己的救心丸去了。

不久,马哥又发现一个更大的商机。这一天,他在镜子前吹了头发,把皮鞋擦得锃亮,让随行的毛小武拎上公文包,像个秘书模样,随他一起昂首阔步走向市政府。经过一番交涉和等待,他由一位秘书引领,进入常务副市长办公室,递上营业执照和盖有公司大印的一份报告——他那些生意朋友的手里,这类印章多得像萝卜土豆,一抽屉几十个。在报告里,他承包经营的公司,经深入调查和慎重研究,决定回报全市人民的厚爱,义务清理河西区望月湖,还沿湖市民一片美丽的自然环境和一份健康保障。

副市长当然知道这个湖,靠近H大学的一汪臭水,多年来涵管堵塞,底泥淤积,蝇蚊乱飞,岸边垃圾成堆,湖水腥臭扑鼻,让人们捂鼻绕行或关窗闭户。只是苦于财政紧张,市府这些年实在顾不上。没想到眼下太阳从西边出来了,有企业献爱心来了,副市长把报告看了好一阵,不相信自己的眼睛。

"你们来就是这事?"

"就是这事。"

"没别的事?"

"没别的事。"

"好啊,当然,好事嘛……"大概觉得这事太好了,便一定可疑了,首长仍是犹犹豫豫,"你们知道,这个,财政特别紧张哦,一年到头刮坛子涮罐子,能保住工资到位我就烧高香。我说的意思,你们懂?"

"我们在报告里写了,不要政府一分钱。"

"嗯,我看到了,看到了。小伙子,你们心是好的,非常可贵,非常感人,不过要办成这事不容易啊,人力,设备……"

"我们愿立军令状,三个月拿不下来,全员扣薪,老总滚蛋。"

副市长打电话叫来另外两个人,三人细审报告,交头接耳一番,这才稍缓紧张,有了副市长脸上一丝笑纹。送客人出门时,大概是已确认来客无诈,不可能有诈,再诈也诈不到哪里去,副市长握手致谢,还应客人之邀拍下合影。马哥曾提出请政府出示一纸批文,主要是考虑到施工过程中可能的噪声、臭味、临时占道等,请沿湖单位尽量配合。这当然也是合理要求。

不过是一张纸吗,副市长满口答应。

接下来,马哥手持一纸红头文件,只差没夸口自己就是政府要员,把沿湖单位的门依次敲遍。又是讲政策,又是讲民心,又是讲国际形势,一堆口水沫子喷下去,听者早已半晕,在严峻的国内外形势下只得要么出钱,要么出人——他的"配合"要求就是这样,没什么不合理。这样,多见的情况是,一般单位抽不出人手,只好一千两千的,三千四千的,按单位规模大小认缴。于是事情刚开始,四万多真金白银便落袋为安,多得像白事店的冥钱,怎么看也不让人放心。

至于具体工程,不用急,马湘南早就瞄准了附近一片营房。一番巧舌如簧,再加上一纸公文,他果然激发出驻军首长的爱民情怀,很快派出两个连和几台军卡,嘿哟嘿哟一干就是十多天。

马总也没闲着,让小兄弟冒充媒体记者,挎上照相机,有胶卷没胶卷都到处按一通快门,专冲着感人的场面去。还不知从哪里叫来一些小学生,戴着红领巾,摇动小红旗,在湖边奶声奶气喊出一些口号:

　　向解放军叔叔学习!
　　向解放军叔叔致敬!

人民子弟爱人民，人民军队人民爱！

……

　　根据机炮连的经验，他知道兵哥哥们最受不了这一补。要是再给他们戴上大红花，系上红领巾，找几个花姑娘唱一曲《送郎当红军》，那他们想歇也停不下，还不一个个撒手撒脚疯了般地干？

　　他开支的面包、汽水、抽水机租费等，总共才六千多。本来要赠送一些积压库存的尼龙袜和电子表，还有邓丽君的歌带，但对方决不拿群众一针一线，说面包汽水已经不好说了，袜子一类则万万不可。更鼓舞人心的是，记者们还真来了。本市报纸大篇幅报道了新世纪公司联手驻军官兵，为全市人民办了一件大好事，解决了一个困扰大家多年的老大难。以至很快，一个暖心的公益故事铁板钉钉流传广远，连马哥自己也有迷糊，曾对毛小武说，我们什么时候废寝忘食了？什么时候泪流满面了？嘿，有味，有味，我们这么多感人的优秀事迹，自己怎么都没想起来呢？我们有这样优秀吗？

　　"是啊，我还以为警察会来拿人。"

　　"管他呢，人家说你是，你就是。说你不是，你就不是。看来我们还非得谦虚一下不可了。"

　　马哥把报纸带回家，拍在老妈的书桌上，要给党校教师一点 color see see（颜色瞧瞧）。他妈戴上老花镜把报纸读了两三遍，还是半信半疑，"那个报上的马总，也就是同你串了一个名，你有啥好得意的？"

第五章　诉讼要件

马总在酒吧挑了个僻静雅座包厢，要了杯人头马。陆一尘今天约律师前来，也约几个同学碰头商议，看能不能用法律阻止肖鹏的胡编乱造。马哥兴头不大，不过老同学好久不见了，不来一下，怕人家说他人阔脸变，摆臭架子。

陆哥一直在打电话，预订自己外出的航班和旅馆，为一个包不包早餐的事，价格折扣多少的事，喋喋不休，死缠烂打，一招不成再上一招，已说出了一头老汗。据说他这次不外出不行了，不躲一段不行。网络暴民已盯上了他。领导也来严肃谈话，都把他当成了问题人物。连手下几个女记者、女编辑也开始议论他拍头、拍肩、拍背、拍膝盖等下流证据，看上去也蠢蠢欲动，要加入抹黑大潮，逼得他好汉不吃眼前亏，得避避风头。

问题是，他越躲，不也越显得心虚，越坐实了肖鹏那家伙所加的恶名？不越可能诱发一些前女友、前情敌落井下石的更大兴趣？

马哥忍不住笑，说你骚吧，这下好，骚出个头彩。

"我骚？"陆哥高举一只手，"对天起誓，我已经糖尿病了，都性无能了。你别看我长得帅。其实我以前也就是腻一腻，包养精神二奶而已。"

"你以为我会信？"

"女人是个鬼，上了就后悔。我们老同志不可能不懂这个。你晓得的，一个白屁股只要在你面前晃两下，你就欠人家一辈

33

子，要哄、要陪、要埋单。实不相瞒，起码十年了，兄弟我情愿回家撸两下……"

"她们放得过？"

"太对了，"陆哥一拍掌，"你真是自家人。我不明白的正是这一点啊。你说说，怎么能这样？你碰她们，招恨；不碰她们，也招恨，恨不得把你嚼巴嚼巴一口吞了。"

"当初我就劝过你，硬是饿了，就吃个快餐。"

"那不行，那不行，人家小姐不同你腻，一边嗑瓜子一边做业务，说不定还修指甲、查短信、看电视，好像你是带资入场搞基建的。"

陆一尘说到气头上，把两个露背的销酒女郎轰出包厢，还一个劲地摇头："这世道，真没救了，审美价值都破了底线啊……"

　　爱你一万年，
　　我的心永不改变，
　　……

俩歌手正在五彩光雾弥漫的台上激情对吼。

这时律师到了。一位职业装的白面后生点头欠身，微微含笑，分别递上名片，放下公文包，从包里取出一瓶矿泉水，没忘记对刚才路上堵车一事表达歉意。陆哥约的毛小武、赵小娟等还没来，大概被堵在哪里了。三人只好边谈边等。

鲍律师说，他初步研究了案情，觉得这场名誉侵权官司胜算极大。这样说吧，侵权者肖鹏，虽是写小说，且已申明情节虚构，但既然采用真名实姓，至少是影射对象相当明确，由特定的身份、经历、习惯特征等组成了清晰的影射链，那就不能有任何有损当事人名誉的造谣，更不能公开发布，造成恶劣社会影响。

谁主张,谁举证,法律就是这样规定的。

"对,他就是一个法盲。"陆哥坚决拥护。

"比如说您马总吧……"律师在便携电脑上轻触几下,显示出好几条侵权事实,他已梳理归纳好的。

其一,侵权嫌疑人指马湘南在当年的望月湖工程中,利用人民子弟兵的无私奉献,非法获利,数额巨大。但嫌疑人能提供账目、单据、银行资料吗?如果不能,这种缺乏依据的人格贬损,应否依法追究?

其二,侵权嫌疑人指马湘南当年混迹于社会,连一些群体事件,包括老知青要求返城的群体上访、某外资人士辱华引起的抗日游行、大学生们针对"豆腐渣"工程的揭黑反腐……也能成为他揩油的机会。他利用民众的同情心和正义感,常冒充民意领袖,以召开"研讨会""碰头会""媒体吹风会"等名义,逼迫众多餐馆、宾馆提供会议场所,实际上是强求免单消费。一些老板稍有不满,他们就用"革命者前线流血,小奸商后方发财"一类恶语,大吵大闹,以怨报德,加害守法良商。问题是,嫌疑人能对自己上述绘声绘色的描写,提供相应的数据、账单、证人、受害者营业执照吗?如果不能,这种恶意的流言传播,能否为法律所容?

其三,更大的事实要件是,侵权嫌疑人虽表面上夸赞马湘南智商超群,敢闯敢干,所提供的事据却有夹枪带棒之实。比如,一九八一那年,当事人是否未经任何授权和公证,亦无任何监督,带领一些人到处煽情催泪私募钱财,就构成了人格名誉的重大疑点。这一描述十分恶意。嫌疑人一再暗示读者,当事人敛财有术,给自己购置了照相机等奢侈品,给随从者散发了车马费、辛苦费、夜班费、误餐费等。在整个过程中,钱物账目不清,其大部分据说后来被盗——这种说法查无实证,留下一个迷雾重重的想象空间。与此相关的是,当事人被指曾竭力阻止事态平息,实际上是为不法募捐尽量延续借口，不啻浑水摸鱼，更是公开教唆，滋扰社会，构成了经济和政治的双料违法。然而问题又来了：这一切描写到底是不是事实？嫌疑人是当事人吗？是目击者吗？有资格、有根据这样写吗？能提供多少可靠的数据、照片、录音、录像、证言笔录？他是否知道这种所谓爆料，会给当事人的社会评价、人格尊严、身心健康造成多大的侵害？

……

律师看来业务精通，态度平静，表述简洁，但字里行间透出一种刀笔的狠劲，一步步把对手逼向绝境。

事态看来果然严重了。马湘南黑下一张脸："都是他写的？"

"当然是。我要你看，你又不看。"陆一尘急得敲桌子。

"我招他惹他了？我没给他刷过卡、借过车、摆过饭局？狗杂种，我记起来了，他那次生病，我骑摩托去帮他拿针药，结果一家伙翻下坡，一条腿后来在医院里缝了五针。我说过什么吗……"马哥突然有点语塞，脸扭曲得厉害。

"马哥，别伤心，那家伙就是喂不熟。"

"募捐又怎么啦？"马哥揪了一下鼻子，"我都差点忘了，有个叫花子也来捐，倒出不少钢镚。我看得心酸，没让弟兄们收。"

"对，确有这事。"

"还有个老太，把一只银镯子也拿来，我不是也没要吗？这些事我什么时候说过？"

"那是，那是。"

律师笑了笑，递来几张纸巾，让马总擦鼻子，平复一下情绪："我充分相信马总的人品，不过不涉案的好人好事虽然感人肺腑，在这里却用不上。这样吧，如果我们要办成铁案，就得准备更多证据。"

"你说吧，证据有的是。"陆哥很有信心地代答。

"比方说，你马总因为对方的侵权，蒙受了哪些损害？谁主张，谁举证，法律对你的要求也一样。"

马哥经历的官司不算少，对这事不外行。要什么账目、证照、名册、合同、出货单、病历、离婚协议……他手下的人大多能搞定。什么法官检察官，他手下人也对付得多。不过，律师所要求的所谓损害，这一刻却不容易说得清楚。公司利润最近下降了吗？好像没有。媒体近来有跟风起哄的文章吗？好像也没有。自己的食量、体重、胃病有无明显变化？这个，好像也说不上，说不清……既如此，按鲍律师的说法，没有后果就谈不上损害，整个诉讼的基点有些悬。

陆哥急得直挠头，建议把他家老三最近的病提出来，挂上诉讼。马哥倒有点犹豫，含糊了一下，上了趟厕所，回来又含糊了一下。

是的，要说损害，实话实说，老三确实是他最深一道伤口，甚至是他看不到头的漫漫黑暗。这事还得慢慢从头说起。他有三个儿子，当年违规超生的罚款都好几万。他老马家喜欢生娃，喜欢儿孙满堂，在这一点上他与老爸、老爷一个口味，不愿意让婆娘的肚皮闲着。不过这些年下来，娃多事也多，一件件都扎心扎肺。老大马波学业还马虎，但自老爸再婚后就没笑过，总是说老爸偏袒狐狸精，要婊子不要儿子，高中毕业后便一直杳无音信，到现在活不见人死不见尸。老二马澜，十六岁就把一辆宝马玩出了车祸，一头撞到山崖下，不但撞死了女友，还撞瞎了一只左眼外加半只右眼，以后做个守门的，也不方便了。

这种情况下，老三马浩算是马家最后的希望，最后一根救命稻草。要命的是，好容易砸下数百万送他出国留学，一个高中读了五年，一个本科读了七年，倒读出了一座肉山，腰间挂上两三轮肥肉，一张大脸胖得要炸皮，肉堆聚集很难再挤出表情，要笑要怒都得靠指头去扒拉。他回国时挂了耳环，蓄一条小辫，牵一条秋田犬，去医院体检，各项生理指标几乎都糟过老爸。据医生说，他那个肾已是一个老年肾，肯定是手淫过度的结果。

好吧，有病先治病。但那家伙在家里一趴两年，每天不到中午不起床，不吃下八个鸡腿四个鸡蛋三杯奶昔就停不下嘴。除了打游戏，就是电购网购，订来的大包小包源源不断，送货员几乎踩塌了门槛。他算是有洋文凭的，学酒店管理的，却口口声声不愿干那"侍候人的活"，好像他还干得了别的什么。他又说自己要求并不高，早就看透了这个世界，以后并不想荣华富贵，能过上老爸的日子就可以了。

呸，小兔崽子，口一敞，气一喷，什么叫可、以、了？他以为他是谁？只见贼吃肉，没见贼挨打啊，他可知道老爸在机炮连当牛做马的日子？知道老爸押送活猪班列成天臭烘烘的日子？知道老爸编印《企业指南》时一家家去敲门而且到处点头哈腰低三下四的日子？……马大个想到这里又鼻酸，又得揪纸巾。

特别是最近，邪了门了，见了鬼了，浩哥不过是看见一个老同学的阿沙瓦犬，比他的秋田犬贵太多，就觉得没脸见人，太让人受不了，三天两头要出走，要出家剃度，要上医院查基因——好去找自己真正的爸，更有出息的亲爸。

有一天他彻夜未归，爹妈靠公司保安全部出动，靠打电话报警，最终才在一个写字楼的地下车库，找到赤身裸体的他。

马哥这才相信，他远不是什么青春期性压抑，给他找小姐恐怕是个馊主意。这家伙看来也远不是顽皮和懒惰，逼他跑步没用，逼他看革命战争英雄片更没用，恐怕得送去精神病医院了。

一听说电疗，他妈就以泪洗面，好几次在丈夫身上抓出一道红一道紫，一头乱发往他怀里撞，要拼个你死我活："姓马的，你还我浩浩，还我儿，他好端端一个人就是被你教坏的啊……"

哭到伤心处,她又一屁股坐在地上,说自己不管了,再也不管了,出家修行去得了,还大哭自己命苦,嫁了个混世魔王,酒囊饭袋,谁碰上谁倒霉的扫把星,把她一个模特明星的美好青春毁了个透。

不是吗,她参加花道比赛获了奖,人家就说肯定是她老公花钱买的。她参加古琴比赛获了奖,人家又说肯定是她老公花钱买的。就连业余模特走T台,她的老本行,饭碗里的事,女人们也一个个挤眉弄眼,皮笑肉不笑,不也是往她老公那一头浮想联翩吗?她再赢也是输,再优也是废,简直有钱就是天生原罪,永无出头之日——人们的彻底势利,原来也是彻底的妒富和仇富啊。

天地良心,她的钱是偷来的还是抢来的?是脱裤子卖肉卖来的?她总共才有两个儿,摊上了一个半瞎,再摊上一个疯,天啦,菩萨什么时候才能开开眼?

她哭天抢地,把自己那些奖杯、奖座、奖牌统统砸到门外。老公开始还去捡回来,捡到第三次时忍无可忍,揪住她一顿暴打,打得她嘴角冒鲜血。

也让自己打出了一顿涕泗横流。

就是在这场暴打中,马哥寻找纸巾,发现老婆藏在手包里的录音笔,已录下夫妻间此前的多次争吵。

什么意思?

老婆也对老公搞情报?

他忽感一股寒气从脚跟冒到头顶,全身毛发倒竖。

  北风那个那个那个吹,
  雪花那个那个那个飘,
  ……

此时的酒吧已进入点歌环节。马湘南哪还有心思对付律师,哪还听得进陆一尘的劝?他心烦意乱地来到了大厅。有人点了支嘻哈,于是男歌手暴扒电吉他,女歌手狂扯电二胡,两人都穿金属亮面服,中西合璧一并发出金属人的长嚎,声浪有一段没一段地不时挤入包厢。没一个音是稳的,没一个音是整的,专往神经难受的地方戳,与神婆巫汉鬼森森的叫魂差不多。

这不就是浩大爷经常嚎来嚎去的那一口吗?"哭丧啊?"他猛拍吧台,指着俩演员溅沫子,"喂,说你呢,就是你,看谁呢?"

台上人影与人声均戛然定格。

"你们号丧啊?老子还没断气,还不是癌症晚期吧?"

俩歌手不知他是哪来的阎王。经理模样的人忙上前赔笑:"马总,对不起,对不起,要不由您来点一首?"

"老子正要找你。你们这人头马真是七十三?"

"要是您老人家不满意,今天这张单归我,归我。"

"怎么有中药味?拿黄酒兑的吧?"

"哪能呢?正牌就是这个味!绝对的!必须的!要不您把您的酒拿来,我请个专家给您当面一辨真假。"

"你是说我一直喝假酒?"

"不,不,不是这个意思……"

"小罐子,那都是我妈查字典,拿放大镜一瓶瓶验过货的。"

"您妈……"对方嘿嘿一笑,"洋商标很容易啊。您信不信?意大利的、法兰西的、荷兰的、智利的,人家牛棚马圈里都堆成了山。您家老太……"经理说到这里,觉得不合适,但已经来不及,见马总拉下脸,忙赔笑递烟,又是用袖口抹座,又是差人上果盘,好一阵还没让对方神色回暖。

马总叭的一下打掉他送上的点歌簿,对台上手一指:"给老子唱那个,有名的,来劲的,《打靶归来》!"

经理立刻向台上传达:"听到没有?打爸归来!"

"你咋不说打娘归来?"马总大眼一瞪。

"您晓得,我是没文化,小学毕业,嘿嘿……"

"打、靶、归、来!"

"清楚了,清楚了。"经理再次向台上传达,"是《打靶归来》!听到没有?老爸老娘都不能打!"

客人们的一阵哄笑中,台上歌手奉命换歌,相互对了一下眼神,电吉他和电二胡再次发作,倒也显得驾轻就熟。

　　日落西山有小妹,
　　战士打靶胆儿肥。
　　樱桃小嘴映彩霞,
　　哥哥的吼吼满天飞。
　　……

"我靠——"马总再一次发飙,喊断金属人的进行曲,"你们是打屁归来,还是打牌归来?怎么听得像鬼子打炮归来?你们是日本来的?是慰安所的?什么时候偷渡越境了?身份证都拿出来看看!"

金属男女茫然无措,再次向经理投去求助目光。

经理再次前来解围:"马总,这一首您老人家也不满意?这些可都是红色经典耶。本店是爱国主义教育单位,有牌子的。"

"你小子再说一遍。"

"嘿嘿,嘿嘿,大家都这样嗨的嘛。"

"好,很好,这个店你看来是不想开了。"

"不好意思,这都是按合同走。我们本小利薄,您老人家要是今天不大爽，改日我为您专门拉个场子……"

"小罐子，老子今天带来贵客，你不给面子了。酒也糊弄我，歌也糊弄我，老子这辈子就会唱一首，你小子也不好好唱……"

他说完手一招，让守在门边的司机跑步送来手机，拽过来就开始拨号。他要干什么？是要找黑社会来闹场，还是要让警察前来查毒，还是要调来轰隆隆的挖掘机和推土机，替政府义务拆除什么违建物，搅一个尘土飞扬天翻地覆？……小罐子吓得脸色大变，立刻回头挥舞双手，对手下人大声命令，退单，退单，统统退单，今天晚上歇了！

赵小娟来到酒吧时，场面上正是乱哄哄的这一出。客人已散去，如地震危险区的居民正一拨又一拨被劝离。几个保安忙不迭帮忙下窗帘和收酒具。不知何时，马大个一脚踢翻椅子，又一脚把椅子再踢翻一次，把椅子当成足球，直到把椅子踢得散架趴下。他头戴一顶不知在哪里捡来的草帽，手握半瓶酒，走得跌跌撞撞，像一个街头酒鬼，巡视一大片空空的座位。他没认出新来的老同学，咧一咧嘴，要理不理，看来已是半醉。

正事完全没法往下谈了。

陆哥很着急，拉住鲍律师反复解释，回头又对赵小娟嘀咕："看看，看看，资本主义就这德行，有了几个臭钱，基本上不做人事。"

赵小娟也生气："你害得我路上换了三趟车，就是让我来看酒疯子？"

毛小武这时也是满头大汗刚进门。

第六章　都是米米

大三那年也是多事。校园里一幢刚刚建成交付业主的大楼，出现了墙裂和漏水，成了亮丽的危楼。据说承建公司老总是省里某位大人物的公子，又据说记者采写的深度报道最终被省报扣压不发……这一下就炸了锅。要揭黑，要反腐，要莘莘学子的生命安全，校园里各路杠头的肾上腺素再次燃烧。

照肖鹏小说里的说法，当时重要的现场就是报社大门口。附近墙上糊满了标语和大字报。报社招牌被泼了墨。紧闭的大栅门这一边，数百男女学生封堵了行道，坐的坐，躺的躺，在街灯下相互忍受汗臭和尘垢，表现出战斗到最后一息的悲壮。栅门那边则桌子堵成一线，桌上有医药箱、热水瓶什么的。几个面熟的校系领导，还有些干部模样的，大概来自教育厅和省报社，在那里一蹲好半天，对同学们隔栅相劝，态度和蔼却又面容疲惫。

再看远一点，隔离线外有警察在维持秩序，有三四辆警车形成路障。更多的是一些市民，熬到这下半夜也没散去，站在路两旁，或坐在墙头树上，听到什么就鼓鼓掌，甚至不时喊口号。

有一光头汉子挤过来，给大学生抛撒香烟，居然被拒绝。"什么人啊，素质也太低了吧？"一个眼镜男上去把地上的烟都愤愤地踩了。

"崽啊崽，这不是给你们面子吗？"抛烟人没用上打火机，也生气了。

马湘南不会放过这个激情机会，曾带人往这里送过橘子汁。

《敬礼》 赵汀阳画

他既然拉起了一个"全国大学生大改革大开放基金会",简称"大基会",糊了几个捐款的纸箱,捞了不少捐款,就不能完全没表现,多少得露个脸,亮个相,拉个风,给自己的团队拍几张照片。有些学生宣布绝食,但橘子汁还是可以喝的。因此,一位陌生的小黑影扑向马哥时,完全是一团馊馊的橘子味喷来,喷了他满脸满怀,几乎结成一层黏糊糊的面膜。

总算看清了,是一位少年,正忍不住哇哇大哭:"大哥,你说我们真错了吗?你说我们错在哪里?我们真是违法乱纪大逆不道的坏人吗?"

马哥一愣,觉得这简直是个未成年的宝宝。

宝宝摘下眼镜擦泪,仍在他宽大怀抱里寻找安全,把他当成大救星和关键证人:"大哥,他们叫我们来,我们就来了。他们叫我们斗争,我们就斗争了。他们叫我们坚持,我们就坚持了。但他们到头来为什么出卖我们,做那些亲者痛仇者快的事?"

马哥摸不着头脑,让他慢慢说。

对方一跺脚,倒说得更加宏伟和远大:"大哥,这个国家还有希望吗?革命,怎么就这么难啊……"

这就革命了吗?就算是革命了吗?马湘南没想过,也没打算去想。对方是不是焦虑他们领导层的分裂,闹出了内部恩怨,不大清楚。是不是像有些人传的,分裂不过是始于头头们在一封文件上署名排序的前后之争,也不大清楚。但无论如何,面对宝宝的眼泪,马哥还是有片刻的动情,想做点什么,比方为对方出头吼上几句。毕竟人家一嘴浓浓的馊味不容易——马哥带人送来的面包,本以为他们会偷偷吃,没料到他们耻于作弊,硬要玩真的。

就凭这一条,他顾不上对方的口臭、汗臭、尘土,把对方的小肩膀拍了又拍,同仇敌忾的豪情油然而生,说放心吧,小兄弟，斗争绝不会失败。黑暗即将过去，曙光就在前面。人生自古谁无死，留取丹心照汗青。从来没有什么救世主，人类历史的潮流浩浩荡荡……他一连串猛词往外捅，都差不多是格言级的。他还把能想到的好事都想到了："你等着，不要急，咣当，只要最高层一表态，那些猪头就得乖乖地认。该曝光的曝光。该下台的下台。该慰问的慰问。呼啦呼啦，到时候同学们敲锣打鼓，记者的照相机一闪一闪，你这叫花子样多不合适啊。听大哥的，快把鼻涕擦了，牙口去刷一刷，别让大哥我恶心……"

他事后不知自己说了些什么。

此时天渐渐亮了，天际线出现一抹鱼肚白，让一个个模糊人影逐渐清晰。眼镜宝宝这时才瞪大眼，发现马湘南面熟："哎，你不是组织部的马叔叔吗？"

什么意思？

"你忘了？上个星期天，你找我爸推销党章。就是你吧？"

大河马愣了一下。他确实推销过党章，确实含含糊糊地代表过什么部，敲开一张张门，夸耀他那些私印的新党章，比正版少一个错字，每本便宜九分钱。

"眼镜鬼，你小子认错人了。"他想躲闪。

"没错，没错。当时我爸同意给单位订购两百本，你还夸我爸觉悟高，说以后要大力表彰什么的。"

"鬼扯，去去去！"

马哥脸上一块红一块白，转身想走，但宝宝的一些伙伴显然已注意到他，好奇地围了上来，纷纷透出眼中的疑惑，堵住了他的去路。

你原来不是大学生？

你是组织部门派来的？

太好了，你是代表上级机关来支持学生的吧？

不对,你莫不是来埋钉子,收集我们的黑材料?这里有谁能证明你不是?

……

马湘南最大的本事就是脸皮厚,脑子快,大难临头扛得住。"哎哎,我到底是谁,这并不重要。我支不支持,也不重要。你们也不是孩子了。不该问的不要问,不该知道的不要知道。知道吗?"他干咳两声,眼珠轮了一圈,吸下几口橘子汁,总算赢得了应急的时间,然后拿腔拿调,说同学们好,同学们辛苦了,说上级领导是关心你们的,说这天可能要下雨,说最近又上映了一部日本影片……总之东一榔头西一棒子,最终也没说党章的事。

待娃娃们还在努力理解他的意思,他早已发动了摩托。在这一刻,他眼睛特灵,看见了旁人看不见的远处招手;耳朵也特灵,听见了旁人听不见的远处吆喝。"在这儿呢!""我就来!"……总之他眼下实在忙,身不由己,只能先走一步了。

他后来其实也后悔。跑什么跑?轰什么油门?他卖党章又怎么啦?他大河马既爱党章也爱捐款箱难道很矛盾?他一会儿想爱一会儿不想爱那又怎么啦?在他看来,屁话少说,三担牛屎六筲箕,这一派那一伙其实没多少差别,都是奔米米而来——至少多数人是这样。谁要同米米过不去,那才是傻子。不是吗,他卖党章是吃"红"米饭,赚的是公款和集团购买力;倒腾袜子、内衣、电子表什么的,是吃"黄"米饭,挖的是民间散户金矿。天下的米米都一个样。当然,他后来发现世上还是"白"米饭最好吃,一不要产品,二不必干活,糊几个募捐纸箱,立几块流动展板,就可以从民众那里"白"拿。上次某个外商的罚跪辱华事件,还有这次的揭盖子揪贪官,都是"白"大爷他老人家来了,门板也挡不住。

他的募捐已小有收获。别看那些围观展板的是什么导演、教授、医生、工程师，他们脑子一热，其实同修鞋的卖菜的也差不多，也没多少心眼。搞定他们的关键，只是展板上的图片和文字要热血，要劲爆，而且募捐者们不能笑，不能乱说，得坚强，得悲壮，得惨兮兮，挨过打或受过刑一样，得像肖鹏场外指导的那样，有点戴镣长街行的烈士姿态，有点风萧萧兮易水寒的壮士风采——这形象这气质比讲道理要管用百倍。

也就在两天前，那几块展板就感动过一个黑大个，据说是某国营大型煤矿的老总，代表全矿工人来给"大基会"捐款十五万。

十、五、万？没听错吗？他没见过这种疯子，当下差弟兄们立刻轰走。待对方出示工作证，还有一些自己准备以文交友的见报文章，他还觉得那肯定是圈套，保不准就是路边三个茶杯轮流翻的那种，于是继续绷紧神经，随时准备打电话报警。

直到见了面，听完对方的话，他才觉得事情难辨真假。对方是这样说的，改革就是要敢闯地雷阵，敢当弄潮儿，身逢一个伟大的新时代，真正实现人民当家做主，比他们在山上多掏两个洞实在要紧得多。这些话不像是疯话。对方又说善款不是国家的钱，都是计划外收入，不过是食堂结余和卖废品所得，因此更能体现工人阶级胸怀天下的一片热忱。这些话也不像是随口戏言。

看来这个烤红薯般的黑大个，真是被展板感动了，对展板上武大、中大、北大、厦大之类的联名呼吁也信以为真。那年头的人啊见什么就信什么，但骗来的捐款数目实在太大，实在福祸难测，让人心里发毛，何况"大基会"这个草台班子连个银行账号也没有，怎么受得了这一补？

结果，君子只能割爱，婉拒一笔横财。马哥还倒贴了一顿饭。两人架起酒瓶对吹，片刻之后，马哥不省人事，滑到桌下去了，由兄弟们抬回家。

"小同志,别走啊……"黑大个还未尽兴。

"不走,不走,老子撒泡尿就来……"

结果,送马哥上厕所的同学也醉了,两人不知为何回错了门,不见来客人影,以为是席终人已散,只好回家。这天夜里,他最后连车带人倒在泥沟里,一直呼呼睡到天亮才被路人叫醒。

没料到,多年后,马湘南初尝列车软卧票的市场化,走进往日这一高干专用车厢,试着咳嗽、吐痰、放屁、捶桌子、跷二郎腿,充分享受有钱人的扬眉吐气。他突然发现隔壁包厢里一位看报人眼熟,忍不住上前问,这位大哥,你是不是姓郭?

"你认识我?"

"你不认识我了?"

"我们见过吗?"

"见过的。你想想,那一年,一九八一……"

"啊,对对对,你是马……马同学吧?"

"对,我马湘南啊,大河马啊。"

两人好一阵握手,摇头,啊呀呀,啧啧啧。说起当年的事,不胜唏嘘。但黑大个一直未提到那次捐款,即使被马哥提到也听而不闻。这里的意思,马湘南后来好像明白了。

直到这时,马哥才知道对方不再是国企老总,两年前已出任副省长,这次正要去某个国际交易会致辞。

"那时都是初生牛犊不怕虎,有点像一个时代的早晨。"副省长喝下马哥拿来的啤酒,神情稍显活跃了,摘下眼镜眺望窗外的山河,"那时的人们不无幼稚,也不乏热情天真。是不是?现在呢,找一个比喻的话,可能就是新时代的正午了。"

"这话怎讲?"

"也许,人们多了些成熟,也可能多了些世故。"

"我就喜欢你这样的首长,没官话套话,开口就见水平。"

"你是中文系的。你该知道,好像是英国作家狄更斯说的吧?这是最好的时代,这是最坏的时代;这是智慧的时代,这是愚蠢的时代;这是信仰的时期,这是怀疑的时期;这是光明的季节,这是黑暗的季节;这是希望之春,这是失望之冬;人们正在直登天堂,人们正在直下地狱。"

马哥大惊,说你还是个学霸!

"我肯定漏了一两句。当年连原文都可倒背如流,如今呐,这脑子,嗨。"

"你还能背英文?"

马哥这才发现对方手边是洋字码报纸,顿时吓得心虚气短:"首长,同你相比,我那张文凭就是废纸,只能擦屁股。"

对方笑了笑,说亡羊补牢,还来得及,都来得及的。

"郭省长,"马哥觉得应该称职务了,更应把对方的职务往高里喊,"我一定照你的意思办。刚才你说什么来着?振兴中华,匹夫有责。为国分忧,从我做起。对,就这个意思。从今往后,我大河马就是你的兵,你指哪,我打哪,你说东,我决不往西。不管你是分管财政、外贸,还是主抓国土、城建……哎,我猜你少不了要管外贸,没猜错吧?"

这里其实已暗伏玄机,首长不会不懂。"百废待兴啊,各行各业都重要。一个人真要建功立业,最好是一专多能,触类旁通,在多个领域都有过摔打磨炼。是不是?"他没正面回答。

"我是想,兄弟我肯定要大力支持你的工作啊,而且要具体支持到位……"

"你把你的公司做大、做好,那就是对政府最大的支持了。"

一个秘书模样的人进来了,给首长送来几份批阅件,续了一下茶水,顺便看了马湘南一眼,好像他的花衬衫和尖皮鞋不该出现在这里。

马哥知道，副省长已不是当年的黑大个了，已有下属来续茶水和送文件了，也学会了"王顾左右"答非所问了。自己是否该把"你"改成"您"，是否该在这个包厢跷二郎腿，确实也得掂量了。他只得快快告退。

不过，有了这一次旅途重逢，马哥宽大的办公室里，就有了一幅与副省长亲密合影的大照片，嵌在镀金雕花的大相框里，让来客们吃惊，争相打听有关故事。他肩上架一只小金丝猴，手持高脚酒杯，当然不会说什么，只是眯眯一笑，让人们尽管去猜想。正如办公室里，他还有一些与将军、部长、大使、著名艺人、业界大佬的合影照，照片后面的故事同样不宜轻易告人。

出于同一种考虑，马总后来还有过一些神神秘秘的电话，比如在宴会包厢里推杯换盏之际，他可能看看表，突然起身告退："对不起，我在前台约了一个美国电话，是郭省长的。"他向身旁左右点头抱歉："你们慢慢吃，我等一下就回。"

在尚无手机的年代，他这一招屡试不爽。哪怕只是去厕所丢一泡尿，去花园里抽一两支烟，或是在大堂找一本花花杂志翻了翻广告，但只要攒够了时间，他回头就能让桌上的客户或朋友惊羡不已。

"打了这么长的时间，说什么党国大事啊？"有人问。

"我们讨论如何解决台湾问题。"他坏笑了一下，卖一个关子，"嗨，其实能有什么事呢，他说《沙家浜》里一段唱词他忘了，让我帮他记一记。一个越洋电话传播样板戏，差不多烧掉老子三百美金。"

他又显示出某种无可奈何的神色。

"那你教会了人家没有？"

"我这驴嗓子还唱戏？我只好临时叫了个三方通话，让袁司令上。"他是指一位老将军，"人家那才是超级票友。"

人们更会惊讶不已。

当然，与那些人物的合影并非造假，郭副省长后来也真给他来过电话。对方开口就是交办急事，问他的工厂里或工地上，能不能紧急安排两百个农民工就业，就两百，不算多，以便处理一个群体事件。这是若干年后的一天。

当时马总两肋插刀，想都没想，很快把事情安排下去，还连夜去当面汇报。他发现对方住在招待所，头上贴有白纱布，挂一网状外科头罩，狼吞虎咽一碗蛋炒饭。

他后来才知道，对方是在什么群体事件中被水瓶击中，怕老婆和老娘瞎担心，才暂时躲进了招待所。

马湘南大惊："你好歹是一方大员，堂堂巡抚，怎么搞得像个地下工作者？警察都到哪里去了，搓鸡巴去了？"

"你以为是你们当年娃娃闹事，三分钟热度，打一打口水仗了事？"对方笑了，"工人最怕失业，农民最怕失地。你断人家的活路，兔子也要咬人。"

"当然。"

副省长感谢马总出手相助，但也没时间多谈，放下饭碗还得去开会。临走时只是拜托了一句，这批工人，收得了，还要留得下，千万要稳定。

"那难说。"马湘南摇头，"他们嫌工资低的，嫌功夫重的，嫌碗里肉少菜多的，嫌宿舍没电扇的……脚可是长在他们腿上。"

"你们的家底我知道。你能稳定八成，就算我欠你一个人情。"

"话既然这样讲……"马总打一响指，"好吧，一团狗屎我也替你吃了。"

"什么狗屎？你就当他们是我郭懿良的三亲四戚。人家大多是一份工钱要养活几口人的。"

"明白，明白。"

那一刻，马总本来想乘机诉诉苦，请对方来公司现场关心一下，又想邀对方一起坐飞机去地中海转转，再赠一块什么风雅兮兮的老坑端砚……但都没来得及说。想知道对方是否喜欢京剧，也没来得及问。他只记得对方吃完饭，用手抹一把嘴巴了事，热毛巾也没用上。他还记得招待所里有人把一些货箱搬来搬去，不知是什么意思。还有些人急匆匆来去，相互咬耳朵嘀嘀咕咕，不知是何情况。

附网友留言一则。

人间极品闹药@肖鹏：阁下笔下的"马胜堂"，其原型人物就是你的同学马湘南吧？简直太像了。不好意思，在下正好跟马湘南干过，略知内情一二。他确实是包装套路不少，比如，当着客人的面，司机经常会给他送来一个报告，然后他很不耐烦地把报告甩回去，大声训斥："这些小事也来烦我？去去去，我不是早就说过吗？十万以下的，你自己定。其他的事情去找黄矮子。不是一亿以上的项目，不要来问我。"他这种把地球挂在裤腰带上的霸气，说实话，就是我当年跟定了他的理由，也是我在他那里很快逃之夭夭的理由。

如果你愿意更多了解你这位老同学，可私信与我。

第七章　前卫派

西子湖畔莺飞草长，春暖花开，肖鹏在杭州参加教材编写协调会，与徐欣不期而遇。在高校当差就是有这点方便，老同学能利用会议隔三岔五见一下。眼下徐欣的短辫换成了长披，黑色长裙，木石手链，两个大耳环，俨然已是温婉贵妇，而且自带餐具和牙线，不再像大学时代那个靠几个面包就可混上一天的丫头。

"老情人，不理我了？打击我的人生信仰啊？"肖哥在宾馆门前追上了她。

"别臭不要脸。"

刀子嘴的脾气看来根本没改。

"这么多年了，一个电话也没有，心肠也太硬了。你害得好多男同学都得了抑郁症。"

"你们要是不抑郁，我就会吐血。"

"谁得罪你了？"

"谁做了，谁明白。"

"此话怎讲？"

"天气这么好，本宫心情不错，今天要去游泳，不想同你废话。"

对方说完一扬手，去了游泳馆，据说晚上又约女伴去逛了清河坊，让肖哥根本没有套近乎的机会。

肖哥打出几个电话，先找老同学问，再找徐欣的闺蜜问——他曾与对方有过一面之交。问来的结果竟是，徐欣其实不姓徐，

《面具对面具》 赵汀阳画

其实叫林欣，一直就是这个名。该死的肖鹏连人家姓名都记错，不被人家唾面就算走运吧。

肯定是开口时被"徐娘"二字晃了心，短了路。

该死该死，更深的过节是，多年前全组同学有过一次最后的聚会，八男二女在赵小娟家又炖又炒，又吃又喝，又唱又笑又骂，闹到最欢时曾一致约定，十年后在这同一日子，即一九九二年六月十二日，大家再来此相聚，拉钩立誓，不见不散。不承想林欣是出名的一根筋，死死记住了这日子，尽管十年后她远在西北，还是打点行装准时赴约，事前也未与谁联系，想给大家一个大大的惊喜。但十年对于他们来说也许太长，太纷乱，世界早已面目全非。十年后的赵家竟不见踪影，变成一个银行营业部。更想不到的是，小娟忘了这事，五个本市的，两个邻近市县的，这一天也全不见人影。

林欣以为他们上午不来，下午会来的；下午不来，傍晚总会来露个脸……既然没有改约，她就不能离开这里。

她没法想象同学们统统忘了这事，更没法想象另一种可能：他们另约了聚会之地，只是忘了她，没通知她。

她撑一把雨伞在银行营业部前，等到大雨停歇，等到夜幕降临，等到保安员再次来盘问，差一点把她当作神经病，或打劫前踩点的。不难想象，那一天深夜，她气得谁也不愿见了，在街上溜达一阵，径直挤上汗臭烘烘的列车，最后没忍住，在两厢连接处的过道里，在咣当咣当的轮轨撞击声中，大哭了一场。

"对不起，真是对不起。"肖哥听得一阵心慌，"我们都太他妈狼心狗肺了。怎么就把那事给忘了？"

"我真不该给你说这些。"对方在电话里后悔。

"罚款，一人罚两千，给你林姐赔罪。"

"留我一条命吧，你千万别说是我说的。"

"放心，我就说是她自己托梦给我的。"

第二天，肖鹏敲开林欣的房门，刚想提起托梦一事，却被对方先一步呛翻。"你不是叫王月月鸟吗？该不是叫母月月鸟吧？对不起。你也是中文系的？稀奇，瞧我这有眼无珠的。"对方把肖哥的会议发言材料劈面摔了过来，"脸皮城墙厚啊？你把人家王摩诘的诗当作自己的，还敢写进发言稿。连我的面子也丢尽了好不好？你这是欺世盗名，光屁股上街，太低级了。听说还当上了系主任，花钱买的吧？"

肖鹏吃了一惊，慢慢才明白究竟，顿觉五雷轰顶，满脸炸热。他发言稿中确有一句"远看山有色，近听水无声"，一直以为是自己梦中所得，甚至洋洋得意到处自夸，直到眼下听对方这么说，恨不能一头撞死。

他不记得自己是如何逃出房门的。天啊天，这一次他栽惨了，出丑大了，被那个刀子嘴见血见骨斩立决，以后还能在圈子里混？

从杭州回来，肖鹏告病数日，其实是被自己的脑袋吓坏了。喊错了人，记错了诗，居然是常见的诗，还有拉钩立誓的约会……他这类跟头肯定栽得不少，掩耳盗铃的洋相说不定一大把，早已成天下笑柄，只是他人顾及情面，没点破而已。他脑子怎么啦？莫非已成了一窝烂瓜瓢，一罐臭大粪？他是不是很快就要出门忘了关火，取款忘了抽卡，一个大活人找不到回家路，就像他那位涎涕横流的姨外婆那样？

为了进一步检查自己，他又打电话给两位老同学，比对一下大家还能记得多少同窗姓名，结果同样令人震惊。约二分之一全忘，约三分之一记错，也就是说，也就一二十年时间，自己的记忆力已大大低于同龄人。

这肯定就是真正的脑残。

当然也是生命消亡的开始。

不甘心啊不甘心。他是肖鹏，曾经有口皆碑的记忆天才和辩论高手。他原以为志在必得的未来在哪里？用之不尽的时光在哪里？天生我材必有用的哄哄牛气居然就此突然清盘出局？莫非天下好事难两全，如书上所写，文王拘而演《周易》，仲尼厄而作《春秋》，屈原放逐乃赋《离骚》，左丘失明厥有《国语》，孙子膑脚《兵法》修列……看来他还背得出这几句，看来古人不余欺也。他肖鹏这辈子活得太爽，活得太浪，却没想到因此只能是酒囊饭袋一个，只能在酒桌和牌桌上武功全废，结束得像一团臭狗屎——是这样吗？会这样吗？

他在家里的书桌前呆坐了两天，终于在最后一个黄昏做出前所未有的重大决定。一、从这天开始，开始晨练，太极拳，五禽戏，外加慢跑与俯卧撑，多少去掉一点身上的肥膘。二、辞去S学院中文系主任一职，说那不过是前书记和前主任内斗，致两败俱伤，自己捡了个不该有的便宜。三、为了进一步减少应酬，他在电话机里录上一句自动应答："邀牌邀酒的都听着：老子问候你八辈子祖宗！"——以此轰走各路狐朋狗友。四、考虑到家里太舒服，太容易犯困和打鼾，太容易鬼扯手似的开电视和取零食了，他在小区内另租一小套间，作为自己的工作室，在那里不设沙发、睡垫、电视、电话、酒柜等一切堕落之物，几乎空空荡荡。他得像农民上地，像工人上工，到时候去那个单人工地投入战斗，做此生最后的挣扎。他老婆除了到点送饭，得按约定把木门和铁栅门反锁，就把他当作劳改犯，当作拉磨的蒙眼牲口，不给他买酒、逛街以及友人串访的任何机会……总之，趁他还不太老，他得重新开始，得找回自己的天才，至少也不能过早地成为烂瓜瓢和臭大粪。

小说若干，就是他在这一段自我救亡期的副产品。

不过，小说上网连载刚开始，与出版商讨论纸质书的事更是为时尚早，没想到陆一尘就来找麻烦，据说马湘南、赵小娟也恼火。这些老同学啊，一点幽默感也没有，太把自己当回事了，几句玩笑都受不了。

你们就准备一直躲在人生面具的后面？

网站编辑那头也不省心。别看他们"肖老师"前"肖老师"后的，其实对老家伙并不信任，尤其不赞同把小说角色与人物原型串通来写。这种写法，时而像前台演出，时而像后台揭秘（包括不相干的揭秘）；时而像小说成品，时而像凌乱素材（包括不相干的素材）——读者不会看得头大？

回答这一点倒不算太难。肖鹏好歹是个副教授，便举传统曲艺为例，相声、梆子、评弹、表演唱……你们都看过吧？不也是"出戏"和"入戏"互相穿插？不也是"说戏人"与"戏中人"灵活变身？观众不是也没看得怎么头大？还有德国剧作家布莱希特、意大利剧作家皮兰德娄，在舞台上也有类似尝试，你们看多了就会习惯的。

编辑又说，看网友们的留言，发现很多人压根就不关心社会，或者说你既然要直面社会，那何不闹得再狠一点或者再欢一点，能不能整点大故事、大内情、大场面？肖鹏的回答是，他不是不想往大里写，但脑子里只有些鸡零狗碎，拿什么大？再说了，这世上大故事不少，也不是都有意思。比如，晚清"公车上书"，十几省千多名举人联名上书求变法，够大吧？够猛吧？不承想，十年后真废了科举，大多数举人又哭天抢地或长吁短叹，埋怨朝廷不重人才，让他们报国无门。连梁启超那等新派领袖也主张恢复科举。那么回过头看去，是几朵浪花重要，还是寂静的深海更重要？是劲爆的事重要，还是不劲爆、不那么劲爆的事重要？

编辑很惊讶:"梁任公还有这事?莫非我的历史课是体育老师教的?"

"你翻翻书嘛。"

"不管怎么说,好玩是王道,网民眼下只关心娱乐。"

"你们的玄幻、宫斗、魔怪已经够多了吧。依我看,你们也得给我留一口饭。你们当编辑的,管住前面写死了的不要再活过来,就够你们忙活了。"

对方笑了,说肖老师,你还很了解情况嘛。

肖老师说,没吃过猪肉,总见过猪跑。

编辑耸耸肩,走了,不过没多久又在走廊里追上他,说还有个事忘了,那个马什么的进口石油的一块只能删掉,这事让一个大客户不高兴,网站得罪不起。

肖哥差点喊起来:"你们保证过的,不搞有偿删帖。"

"我本来也想变通,但对方连沉底也不同意。"

对方解释了一下"沉底",就是不上首页,排序押后,让网友们难找到也顶不起来。这种后台操作差不多是以藏代删,让双方都过得去。

"无耻,太无耻!老子不写了。"

"别啊,肖老师,别生气,没办法啊。我们给你发稿费,我们的钱从哪里来?你以为伸手抓一把空气变出来?"

肖鹏现在才明白,写小说没那么多自由,一不小心就落入潜规则的泥潭。他更没想到,写作也是一种敲骨吸髓的苦刑,越写越难,越写越要命。他很快就写出了失眠和失眠,写出了咳嗽和血压高,还有自己在镜中的谢顶。他越来越惹人烦。有时他不得不深夜打电话找人讨教,看"年轻"和"年青""靓丽"和"亮丽""思量"和"心想"……哪个词在他的上下文中更贴切。他咬文嚼字吹毛求疵似有点过分,翻来覆去没个完,直到打得手机发热和没电,差一点让对方以为他精神失常。

其实他脑子清醒,更没吃摇头丸,只是一时委决不下,是真在细心推敲和虚心请教,一心一意同自己的大脑早衰做顽强斗争。

正是在这些电话里,在不少故旧的提点下,他总算渐渐找回了自己的记忆。没错,当年他肖哥确实不像"鹏",顶多是只月月鸟。他还不得不承认,他是上过大学的,不过那几年他印象最深的事物,最美好的事物,几乎与家国情怀无关,只是一间说来可笑的小粉铺。对,是粉铺,就在那里,河对岸的小西门三横巷,虽门面东歪西倒,味道却鲜美盖世——至少在他看来是这样。他有时不惜旷课,不惜骑车来回累个半死,也要去那里一饱口福,辣得全身热血沸腾,以至矮子老板已成他的老熟人,双方的默契程度超高。根本不用他开口,矮子一见他的身影就向灶台那边吆喝,交代手下人做碗:双油、双码、重挑、宽汤、荷包蛋——

同样令他惊讶的是,他当年的另一大乐事,是去老宫家看球。事情好像是这样,宫师傅是校水电班的,因为有个香港亲戚,受赠一台九英寸黑白电视机,在当时算得上稀罕之物,于是也被他和毛小武盯上。他们不惜上门送水果,上门给孩子义务当家教,用各种手段讨好宫家大嫂,图的只是周末能去那间平房,冲着那个比巴掌大不了太多的屏幕,盯住那个又滚雪花又扯纱布的群魔图,一个劲跺脚、拍大腿、揪头发、咬牙切齿。一旦群魔图又花了,他们就左拍一下,右拍一下,几乎用拳打脚踢来挽救电视画面。

宫家的一条黑狗,叫"包子"的,总是被惊吓得冲他们大吠。

毛哥知道肖鹏怕狗:"包子,别叫了!这家伙可不是吃素的。你惹了他,他龠你祖宗!"

这种警告够狠，吓得黑狗夹上尾巴走了，但怎么听都别扭，差一点把肖鹏的鼻子气歪。"你胡说什么？"

毛哥愣了一下，说不好意思，我说顺嘴了。

毛哥崇拜欧洲武士的重阵强攻。肖哥喜欢拉美坏小子的足尖魔术。两人还是又吵又赌，势不两立，嗓门越来越大，最后闹得宫家三口没法睡，只好牵上狗狗去亲戚家。于是他们窃占民宅，更不把自己当外人。一场球赛看下来，一不小心就把坛子里的辣腐乳吃光了，直到出门前才吓一跳。

肖哥赌球输了十张餐票，迁怒于兔唇哥的运气："你小子长得不周正，抱上人家的娃都像人贩子，嘴里还不干净。"

对方惊讶："我什么时候不干净？"

"宫嫂昨天还埋怨，说你什么都好，只是一张嘴臭。我们好歹也是中文系的，饱读诗书的。你要是把宫嫂吓怕了，我们电视也看不成。"

"你你你莫听宫大嫂扯卵淡。是她小崽子自己学不进档，学流腔倒贼鸡巴快，这他妈的能怪老子嘴臭吗……"

肖哥又好气又好笑。

对方眨眨眼，未发现笑料在哪里。

看来毛哥不能急，一急就对语言无感，不是说话带脏字，简直是脏字里夹正文——肖鹏后来在小说里写到这种情况，只能自动筛一下了事。

没什么球赛好看的时候，肖鹏就翻野书，打扑克，逮谁都能胡吹海侃一通。恺撒的手下败将姓甚名谁，几代机关枪的改进细节如何，还有非洲织布鸟和缝叶莺的神奇功能……这些牛角尖他都钻过，各种黑知识应有尽有且过目不忘。最对口味的当然是现代派，是大乱天下的学术魔头，一时流行的尼采和柏格森。听说过吗？尼采的酒神精神太好了，简直就是捣乱精神。柏格森的直觉主义也太对了，简直就是不读书主义，是天才的浑不吝，是最最前卫的"怎么都行"。都什么时候了，还上课，还考试，还门门争优，那些书呆子们也不脸红？没说的，就算肖鹏每题都能答，到时候也得把笔头一甩，丢下个几十分不要，留下点叛逆者的气节，留下点前卫人士目空一切的狂飙精神吧？

可恨校方还是老古董，每到晚上十点半就拉闸断电，说节能很重要，说学生睡眠很重要，只给宿舍各层两端的公共厕所留灯，其余窗口一片漆黑。牌友们大战犹酣，意犹未尽，但不好去路灯下喂蚊子或者喝西北风。

肖鹏忍不了，去买来一把锁，把三层东头的厕所锁上，在门口挂一牌子："管道已坏停止使用。"那两天，这家伙居然爱上了劳动，一改往日能坐就不站和能躺就不坐的全身软骨症，爆发出冲天热情，顽强地自力更生艰苦奋斗，把厕所彻底清扫一净，包括对粪道和尿池又刮、又擦、又冲水，忙得满头大汗，终于打造出一片明亮的新天地。从宫师傅那里借来喷雾器，打完一道杀虫剂，微酸的气味不香也香。

晚上熄灯铃一响，他和现代派同道们便开锁入厕，重享一片灿烂光明。不用说，几轮"争上游"打下来，输家在这里接受处罚，钻桌子、夹耳朵、顶脸盆、咬筷子，免不了还要以工代罚，用一个小电炉煮面条或者烤馒头。

大概是动静闹大了，引来外面不知是谁在敲门。"嘿，嘿，开门——"

"管道坏了。"

"那你们干什么？"

"开会。"

"肖哥吧？我听出你的声音了。你骗谁呢？"

"真是开会。我们是现代派研究中心，正在准备研究报告，准备学术大会发言。你别在这里捣乱。"

"你们是有机肥料开发株式会社吧,我来送个样品。"

"滚!"

"怎么还有面条的气味?"

"你狗鼻子啊?"

"是你们屙出来的?"

"屙你外公,屙你大舅二舅三舅!"

……

大概是夜深天寒,门外的人扛不住,恨恨不已地走了。这样的事情多了后,纸包不住火,这一天他们回到宿舍,发现这个厕所的门锁被撬了,告示牌不见了,里面的粪道尿池重新臭烘烘。接下来,系办公室刊出布告,是校方对他们的处分决定。窃占厕所,违章偷电,玩物丧志,带坏了小同学……这一条条都品位恶俗,有点说不出口。

肖鹏的一位女友,就是在此时顶不住舆论风潮,提出了要分手。肖鹏觉得很窝火,厕所怎么啦?在厕所里煮面条算什么,赶不上尼采大师的嫖妓和自残吧?当年他知青下乡时住那吊脚楼,上面住人,下面关猪羊,人畜亲如一家,全寨子人都那样,哪有什么水泥地、玻璃窗、自来水、清洁剂、电灯泡?在那里,虱子熟了就不痒,畜粪闻多了也就寻常,弟兄们在肥沃日子里该拉琴的拉琴,该恋爱的恋爱,该打鼾的打鼾,什么事都不耽误。像肖鹏这样的前卫才子不照样脱颖而出?

女友说不过他,还是咬咬牙泪奔而去。

就算肖哥后来重塑自己的形象,像三〇一室的那位爷,动不动就夹一份英文《泰晤士报》(据说是),嚼两句莎士比亚语录,也未能挽回女方的信任。

他把痛失爱情这笔账算在楼开富头上。楼是班长,偏偏也住三〇七，偏偏最看重思想道德和组织纪律，暗中密切关照各位同学的背影——至少肖哥的一条背脊是这样感觉的。发现床下那个自制电炉的，肯定是他。把这事捅到领导那里去的，肯定也是他。壁报上一首打油诗，想必也是由他炮制："屎尿飘香日，厕深奋斗时。抠底有唐宋，王炸赋新辞……"落款是"思想清洁工"，真是落井下石的得意小人啊。

楼班长亲切地安慰过，说犯错不要紧，改了就好，改了就是好同志嘛……其实，他越这样和蔼，就越让人心疑。他不承认自己就是"思想清洁工"，但如果真不是，他用得着这么三番五次送温暖？何必这样拍肩和假笑？

好，你不仁就休怪我不义。

没多久，他楼哥也被摆了一道。这一次是校学生会换届。不知是谁在墙头贴出匿名书，历数楼开富诸多优秀事迹，听上去就是活生生的再世雷锋，是民心所向的人格典范，主席那位子非他莫属，如此等等。

这种全方位抬举，据说楼开富得知后，开始还不无高兴，继而却略感不安，最后只能暗暗叫苦。因为匿名招贴一再出现，越传越广，越传越变味，明显闹过了头，很像是他本人在幕后做手脚，是制造民意以强逼上下各方就范。特别重要的是，关于他已被内定登基的谣言更是到处树敌，一次次引来其他候选人的白眼。

到这一步，他谦让就像虚伪，不谦让就是张狂，怎么做都不对。他越去别人那里解释，就越像真有那么回事，越像他做贼心虚。连系里负责学生工作的王老师，也好几次对他拉长了一张脸。

结果不难预料，那天改选的结果，是三〇七一片沉默，因为他连原有的副职也没了，无异于被大张旗鼓活活地捧杀，裸奔一轮却不知被谁扒了裤子。沉默不失为室友们对他裸奔的一种同情。

他晾晒在窗口的球裤,明明有夹子固定,也没遇大风,却掉到楼下水沟里去了。考虑到其他寝室绝无此事,这也太像一种暗算。

> 当哩个当,当哩个当。
> 竹板打得真叫响,
> 今天单把福音讲。
> 福音好,福音多,
> 福音离不开耶稣哥。
> 耶稣哥,是大能,
> 平安夜生在伯利恒。
> 想当年,太辛劳,
> 玛利亚生娃在马槽。
> 那马槽,真叫好,
> 它一头大来一头小。
> ……

那几天肖鹏给一位王牧师写快板词,乐得要抽风,有一种憋不住的开心,一种可疑的兴高采烈,生生地把《圣经》搞出相声味。毛小武、曹立凡等也参与了这种恶搞。楼开富从他们中间穿过时,照例为这些室友服务,一一分发刚从晾衣架上收来的球衣、内裤、袜子什么的,什么也没说。他似乎在提醒自己,暗算就暗算吧,不论发生过什么,他还须微笑,还要平和,还得继续承担职责,不能计较一时的得失恩怨。疾风知劲草,日久见人心。你们总有一天会知道,谁才是你们真正的大哥。

第八章　咱们干部子弟

楼开富活得最辛苦。但谁叫他是班长呢？谁叫他经常宣讲文件精神，把品德、理想、现代化、革命传统都说得那样振振有词呢？宿舍里闹水荒，热水瓶空了，口干得冒烟，好多人就看着他，好像由他去食堂里挑开水理所当然。某个同学病倒，人们也来找他，眼睛眨巴眨巴，好像找担架、借单车、送医院、送尿检、拿片子那些活也非他莫属。

实际上，那些事他确实做得多，多年来做惯了，做起来比别人利索。

他的老大哥形象颇受敬重，一开口的男低音也十分迷人，轻度的嘶哑自带沧桑感和忠厚感。特别是对于一些女生来说，他篮下盖帽和带球上篮也哗哗哗吸人眼球。很自然，赵小娟在别人那里嘻嘻哈哈，一到他面前就文静得多，拘束得多，不免柔声软语，目光黏糊糊地飘来闪去撩来扰去。她常操一支扫把来帮忙，当然是在班长打扫教室之时。她还常在教室或图书馆给他占座，以便到时候向他请教题目，借一下笔记，问一问今天是星期几，问一问晴天的意思就是不会下雨吧。

问过了的事说不定又再问一次，问得越来越傻。

有时她也会偷偷塞来一纸片，女友之间通常传来传去的那种秘作，情意兮兮的旧体诗词。

河岸残灯晓月，

寒窗琴断音歇。
一夜相思天涯远,
敢问玉宫圆缺。

或是:

桃红杏白春水溶,
陌路一惊逢。
相顾无言黄昏后,
可怜各自西东。

愁肠万绪泪朦胧,
伊人误东风。
今夜拾花怜独葬,
哪堪暮鼓晨钟。

"写得好!"
"写得好!"
"写得确实太好了,好得不得了。"
诸如此类。楼开富每次都以雄浑低音发表些屁话,既不具体,也不生动,更没一丝惆怅在眼中默默地流过。

赵小娟失望得几乎要逃走。她又给他两张电影票,说是紧俏的"过路片",不会公开放映的国外那种,楼哥对此特别高兴,收下票立马抽身而去。对方后来才知道,他不是去买雪糕回赠,不是去向男生们炫耀,更不是去偷偷地洗澡、换衣、梳头发,准备美滋滋享受一个仲夏之夜。这猪头,居然是去借了辆单车,一弹腿直扑教工宿舍,忙不迭去把两张票转送给王副书记,主管学生工作的那个老烟鬼。

得知这事后,赵小娟气得浑身发抖,捂脸暴哭了一场。

林欣安慰她:"贱,这也值得撒猫尿?"

"你不知道,他就是心里没有别人,只有这个主任那个书记。以为我不知道吗?下课了他去给谁家接孩子?星期天他去给谁家打藕煤?人家平时背唐诗宋词,他背得最多的是领导讲话。到时候引上三句五句,好让领导开心……呸,我算是看透了,他就是个窝囊废,马屁精!"

"那你就更贱了。为贱人哭,你贱上加贱。"

"有这样安慰人的吗?"赵小娟勃然大怒,"我就是喜欢他的声音,就是喜欢他的鼻子,就是喜欢他的上篮动作……不行吗?"

林欣愣住了。

"你会不会说话啊?你就不能说他也可能是误会?可能是缺心眼?"

"你要听假话?"

"假话不假话,你知道人家多难受!"

"不好,小娟,你死定了。"

"我死不死,不关你的事。"

"你说得对,我今天肯定是搭错了筋。"

"你就是,你就是!"

赵小娟骂完了就没事了,还是继续为楼班长占座,继续问有关天气的问题。不过,要不是她爆料,大家还不知道为什么副书记一见楼哥就笑容满面,一开始就指定他当班长。

多年后,有人说楼哥其实早就有话,非厅级以上老革命家庭的不娶,不大顾得上赵小娟家的普通工人背景。他一直与马湘南交往多,去三〇九多,想必也是看中了人家的家庭和高端人脉。他好几次约马哥谈心,嘘寒问暖,东拉西扯,"你这个鬼"前"你

69

这个鬼"后的,好亲密的样子。交谈重点是劝对方听父母的话,早一点入党,早一点评上省优,这对日后毕业分配大有好处哦。他很贴心地规划,你以后就算是成了洛克菲勒,有个身份还是方便些吧?交往党政干部也许用得着?

大河马差一点摇断脑袋:"你要我去挑开水、扫地、擦窗户、冲洗厕所?我不会,我不会。"

"我教你嘛。"

"太累了。你做好事。"

"要不,你多反映点情况也行。比如说,有没有人听敌台,有没有人看黄书、跳熄灯舞?听说肖鹏手里就有一本金……"

"《金瓶梅》,我借给他的,让他开开眼。"

"啊啊,这样?那你还是得注意影响。一个党员得用更严格的标准来要求自己。我这样说,完全是为你好。"

"要不这样,你把手表丢在地上,或者让你弟把手表丢到街上,我捡了就去交给警察叔叔。感谢信一来,谁不认账都不行。这个办法最简单。"

班长觉得这主意太离谱:"不好吧?那不成了弄虚作假?咱们这些干部子弟,对组织从来都是忠诚的。"

"我最喜欢做的是抢救落水儿童,可老天爷不给机会,我也没办法。"

"平凡中也有伟大嘛。你改掉上课迟到的老毛病,多参加一点学习,群众基础肯定就会有了。"

楼哥的父亲是某县财政局的副股长,当然也是干部。干部子弟不能不帮干部子弟。马哥上课打鼾和考试舞弊,在班长那里多是大事化小。有关马湘南校园经商的传言甚多,班长也去领导那里汇报,说勤工俭学是锤炼人,说业余服务是方便群众,我们还是得看大节,看主流,分清一个指头和九个指头的问题。这一番话颇有说服力。

马哥很领情，决心成全楼哥的终身大事，只可惜自己没个妹也没个姐。这一天，他趁家里无人，把班长先驮到家里，又用摩托驮来一个大人物的女儿，让他们相互认认脸，握上手，听听流行音乐。他打出一个响指，嘭的一声关了房门，去楼下静候佳音。

本想在树荫里睡一觉，再去给摩托换机油，没料到他刚抽完一支烟，就见那女子气呼呼地下楼来，冲着他柳眉倒竖两眼喷火："什么大学生？你找来个神经病吧？"

"怎么啦？"

"开口就做报告，讲理论，你烦不烦？"

马哥不知发生了什么，只觉得他们幽会比放个屁还快，太奇怪了。他被女子甩来一个大背影，忙上楼去查问，一脚踢开家门："姓楼的，谈爱就谈爱，你这个理论鳖，少来点四言八句会死啊？学校里还没讲够，到这里来喷沫子？"

楼哥委屈万分："我哪里讲理论了？初次见面，总得有一个过程吧。"

"你放了什么屁？"

"没说什么啊，只是聊了一下这次省里团代会的情况，说我有三个'没想到'，第一是没想到省里这么重视，第二是没想到兄弟院校的工作各有千秋，第三是没想到……"

"你是不是还要说三个想到了，三个不想了？"

"这有什么错？"

"你吃干饭的，就不知道扑上去抱，抱住了摁？老子在门外给你站岗，卫生纸也给你备了，你倒是屁话连篇，给老子玩三句半。"

"那不行，人家女同志，而且在文艺部门工作，必须得到尊重。再说我是个党员，更不能做那号事。"

马哥气得一扬手："得得得，你那屁事老子再也不管了。"

见好友真生气，班长只好苦着一张脸，嚅嚅地解释再三："湘南，对不起，我不像你。你有个好爹，又有个化学脑袋，路子宽得很。我不行啊，我这一辈子只能靠自己打拼，是不能犯任何错误的。"

马哥觉得这倒也是，便没再骂人了。

第九章　最新情况

因故停课那一阵，楼开富的日子更难挨了。他知道班长的职责所在，每天仍然在忙，早上一睁眼就千头万绪，恨不能三头六臂，一天忙出三十四个小时。他得这里看一眼，那里说几句，手上做一件，心里想三件，对里里外外的工作全面关照。但他仍感力不从心，比如，他想尽可能确保早操出场率，但没多少人响应，好几次点名都不够半数，口令也喊不出精气神。

此时校园里思想纷争的烈度上升。最好的情况下，同学们之间半吵半忍，吞吞吐吐，说半句留半句，就算维持了一种诡异而脆弱的平安。一路算下来，且不说别的组，光是楼开富所在的这个组就闹心。林欣竟然好几天没回校。陆同学、马同学也是各怀鬼胎，忙得神出鬼没的。连几位娃娃生也蠢蠢欲动，把他这个班长当作周天子哄，办事不出力，一脸假笑之下天知道在琢磨什么。最让他感到焦急的，是他几抽屉的学习文件眼下不大灵了，"八禁"早已取消，三个"没想到"、五个"要注意"一类，能拢得住和摁得下这群野生动物？

学生们想到一出是一出。起因不过是一幢楼的事，豆腐渣工程的事，一旦升级就四处冒烟。他们要改善伙食，要自由选课，要本研连读，要取消户口，要建综合艺术馆，要改选人民代表，要对话高层参与国事……其实，电影里已经有爱情了，够可以了吧？饭店已经有私营的了，你们还要怎样？难道下一步的改革，还要闹出时髦的嬉皮士和同性恋？是不是还要学人家的裸跑、裸泳、裸晒？楼开富不大相信对话能化解分歧，只是没敢说出口。事情很明显，面对那些杠头，你就算浑身长满嘴，也架不住他们东一出西一出的起哄。照他们这样闹下去，这校内校外没上没下，礼崩乐坏，离天下大乱还能有多远？

楼哥去找过王副书记。没想到王老师也没什么新消息，拿不出平乱的宏图大略，倒是有夹枪带棒的阴阳牢骚。"不是有人说吗？现在是共产党不如国民党……"这一句是指台商、港商在社会上走红吧？"老革命不如反革命……"这一句是指知识分子比一般工农干部吃香吧？"这些说法当然是错误的，极端错误的，但为什么有些人还相信蛊惑，深层原因嘛，不是值得我们深思？"

楼哥搓搓手，不知该如何接话。

王老师烟瘾大，吸得已经干咳，还把烟屁股吸出嗖嗖气声，惊得老婆赶来夺了烟头，丢在地上三两脚踩熄。原来周围全是羽绒服的成品和原料，是易燃的包包捆捆，堆码得家里像个仓库。

楼开富陪老师到门外走道里再"嗖"几口，感叹师母的工作还未得到校方安排，只能接些零活谋生。

"要是羽绒衣都没得做了，我就在阳台上养猪！"王老师恨恨地规划。

"老师，那时候我帮你拉饲料。"

"延安大生产嘛，自己动手丰衣足食嘛。哼哼，我这个人不怕丑，反正没文化，大老粗一个，说不定去校门口放猪放羊！"

这明明是气话。楼哥再次装聋，直到往对方衣袋里塞了包烟，王老师这才客气了些，气色稍有缓和，问起了学生近况。"话是这样说，工作还是要做的，担子是不能卸的。你不要学我发牢骚，闹情绪，其实越是困难的时候，我们就越要相信党，越要相信群众，越要坚定革命到底的信念。你楼开富是好同志，该顶住的一定要顶住，不能软。"

"我知道，我会挺住的。"

"特别要注意海外敌对势力捣乱，你得给我瞪大眼睛，耳朵支起来，鼻子伸长一点。"副书记撕开了另一包烟，"电报查得怎么样？"

这是指附近邮电所几天前报来的情况。据说有一个女大学生模样的，在那里往香港发过一份电报，当时让营业员疑惑，后来更被她的同事们反复议论。那电文确实可疑——"老蒋撕大布小平老虎油五七一〇"，就这么一句，就这么吓人。其中的"老蒋"是不是指台湾那个最大头目？"小平"岂不是指我们国家的最高领袖？至于其他数码，是不是暗号，涉及国家安全的重要内情？

这几天一直在忙着这件事。楼开富已奉令暗中排查，但陪着当班营业员在女生宿舍偷偷观察了两天，还未找到目标人物的面孔。

"有电文稿存底吗？查笔迹，不怕查不到！"在副书记给楼哥指明新的努力方向后，暗查小组调集学生们的作业，夜以继日，大海捞针，查得昏天黑地，一大沓又一大沓地细加比对，果然有所进展，最终锁定了四个嫌疑对象。接下来的布防跟踪，更使一位中文系七八级的女生浮出水面，可疑度最高。据说那女生每天都去总收发室两趟，好像在焦急等待什么邮件。是不是等待来自海外某机构的指令？那女生又好几次在电影院前闲逛，是不是在等什么人？是不是有些反常？电影院周围有一个窗口常飘出粤语歌曲，墙根处常有一老头叫卖爆米花，一辆牌号尾数为七四五一的大货车反常地在路上来回多次⋯⋯这些动静也似乎非同寻常。

在保卫处的介入下，当面询问在这天深夜实施。目标女生是小辫子，小圆脸，显然被周围这么多陌生面孔吓坏了，被一盏台灯在四壁投照的几个大背影吓坏了，看看这个，看看那个，两手反复揪扯一条手绢。一道校园里再寻常不过的电铃，突然吓得她从椅子里蹦了出来，脸色已惨白。

"你这几天在等什么？"保卫处的老潘问。

"没等什么啊。"

"以为我们不知道？"

"我……真的没等什么。"

"由我们说出来，性质就不一样了。知道吗？"

"求求你们，我不说行吗？"

"看来你小小年纪，还要与组织对抗到底了。"

"我……"女生憋得满脸通红，一张脸在抽搐，声音小得像蚊子叫，"我是那个，那个……快没了……"

"什么快没了？"

"求求你们，不说行吗？"

"你不说不要紧，反正我们都会查清的。"

终于，终于，终于，三个字嘟哝出来，虽含混不清，却刹那间摧枯拉朽炸翻在场所有男性。"卫生巾"，这最乎意料的三个字猝不及防。这就是说，她的坦白居然一点也不机密，一点也不重大，其急急跺脚似乎也理由不足。"妈妈说寄，说寄，说寄……但钱到今天还没寄到啊。"她接下来的解释更让人绝望，"我没要多少，就十二块，顶多十五块。你们说多吗？"

王副书记蒙了，装耳聋都来不及，但抹一把脸，不甘心落入尴尬和沮丧："是妈妈的钱，还是香港的钱？"

女生的眉毛扭成了绳。

副书记把作业本和电文稿重重拍在她面前，看她还做何狡辩。片刻后，直到她在作业本、电文稿、主审官三者之间反复察看，终于扑哧一声大笑起来。"妈呀，你们让我笑一笑……"她捂住肚子，又摇手，又捶桌，"哎哟哟，让我再笑一会儿，要死了哎哟哟……"

什么鬼？这电报内容难道也不重大？

不，不，她后来上气不接下气地说，电报确实是她所发，内容也足够重大，不过真相是这样：此小平并非彼小平也。此小平不过是她的某位室友，老蒋则是这位室友的未婚夫，一位厨师，最近在香港，属于劳务输出的那种。前不久未婚夫担心婚约靠不住，大学生老婆可能要飞，老是腻腻歪歪地来信吵事，于是四位室友为某小平两肋插刀，联名致电表示申斥和劝慰。老蒋不要闹（撕大布），小平很爱你（老虎油），其实是中式英文，幽默一下。五七一〇则是吴齐姚凌四姐妹的署名代码。出境电报嘛，贵呢，省几个字就是省好几块钱。

王副书记笑得像哭了："省钱，能能能省成你们这种鬼话？"

不过他抽上一支烟，再接上一支烟，终于找到了自己下台的梯子："是中国人，就好好说中国话。拽那么多洋调调，思想意识很不端正嘛，也容易造成同志之间的严重误解嘛。"

老严也支支吾吾："就是，就是，你们是大学生了，处理个人问题得严肃认真。外语系那个婚外孕的，生物系那个泼硫酸的，不都是深刻教训吗？校领导既然已经解放思想，已经放宽政策，同意你们在不耽误学习的前提下自由解决个人问题，你们就要自己担起责任来嘛。谈不谈，怎么谈，都得对人对己严肃负责知道不？"

女生吓得吐了吐舌头，虽没听出个条理，却感觉自己可能真有错，包括自己平时反复研究电影海报上的发型和时装，离婚外孕和泼硫酸的严重程度，可能确实不远了，于是瞪大眼睛，脸色再一次转白。

第十章　保卫共和

　　自陆一尘被打掉一颗牙，他觉得毛小武在关键时刻见死不救，伤了哥们感情，是欠了他重重的一笔。他好长一段时间不再找毛小武为自己的朗诵拉琴配乐了。

　　毛小武也是本市学生，拉小提琴已很有些年头，据说是从街上各种红白喜事拉起，是南门口一个业余班子的首席。那种活计俗称"堂四郎"，不知是何意思，连研究方言的教授也没查出来源。但"堂四郎"里藏龙卧虎，他拉琴一度拉出了家里的半个饭碗，一支德沃夏克《小夜曲》，虽只是幕后伴奏，也曾震惊艺术系老主任。要不是兔唇哥的面相有点那个，系主任当初还差一点动员他从中文系转过去，成为器乐专业的重点培养对象。

　　不过，系主任说他认识省电台领导，那里有一个广播乐团，只要声音，不计形象，他可介绍毛哥到那里去施展才华。

　　毛哥嘟哝，说他哪能干那事。

　　你要相信我的耳朵，我在这行里已经三十年了。系主任这样鼓励他。

　　毛哥还是嘟哝，说他没打算以后赚这份钱，说他以后同朋友们玩玩，拉给老妈老姐听一听，也就够了。

　　"这怎么是钱的事呢？你有天赋，有感觉，与一般人不一样。你就不觉得艺术比生命更重要？"主任大有恨铁不成钢的焦急。

　　毛哥还是咧嘴笑笑。

　　他肯定没听懂，笑得也不成章法。他这辈子摊上一个兔唇，术后仍有缺损和疤痕，仍有嘴上局部的僵硬，没法配合嘴角和眉眼的活跃，搞得表情很分裂。不知是否与这兔唇有关，是否与多年来的容貌自卑和性情孤僻有关，他眼睛虽大，却白多黑少，常是呆板，没多少光泽与活气，看上去是大号的瓷眼珠或纸眼睛，来自某种标本室的挂图或浸缸，常在前额的俯压之下投射出斜斜的目光。

这样的脸和目光与舞台一类确实格格不入。也许，他早就明白这一点，所以不把拉琴当回事，几乎将其等同于拉锯和弹棉花，倒是对肌肉最上心。绕哑铃，击沙袋，少林拳，跆拳道，单手俯卧撑……年幼失父的他，就是靠这一身肌肉保护了老妈，保护了姐妹，保护了众多小兄弟，直到在南门口打出一番声威。反正那年头世道乱，警察管不了太多，他和兄弟们只能靠自己攒肌肉，攒气力，攒威名，能求自己的决不求别人，能用拳脚解决的绝不费口舌，倒也活了个痛快。偶尔抢一顶军帽，砸一个小奸商的门店，也是痛快的应有之义。

进大学后，他顺理成章当上体育委员。三〇七全体同他有过比试，七个男生把他团团围住，但无论如何攻击，他左闪右避，两只脚在地上生了根，一棵大树怎么也没法扳倒。轮到他出手了，好，看清点，男生们其实根本不可能看清，不可能想明白，顷刻间就像一堆倒立的空瓶稀里哗啦，七歪八斜倒在地上——他们这才见识了所谓内力，见识了什么叫民间的推手和桩子功。

照毛哥的说法，他没想到自己也能混成大学生，眼看就要混成油头粉面的知识分子，该金盆洗手了。只是有时那肌肉不听使唤，就像陆哥的那颗心有时不听使唤，让他没办法。这一天的情况是这样，相邻的化工学院一伙"委培班"东北生来串门，不知是来比球，是来玩耍，还是来看艺术系和外语系的靓妹。据说他们多是机关子弟，吃饭时馒头剩了不少，丢在泔水桶里扎眼。一个叫史纤的同学看不惯,去说道了几句。可他普通话不大灵,比如说的是"嘴巴",被人误听为"鸡巴",于是双方翻脸对骂,最后动了拳脚。

楼开富闻讯赶来,好容易劝走了东北生,一一扶正了食堂里的桌椅,捡起一个被踩瘪的搪瓷盆,送史纤去校医院上药。

毛小武也及时赶到现场。"人呢?人呢?"他一根铁管指定楼哥,"怎么放跑了?快说快说,去了哪里?"

楼哥大声喝止:"小武,你就别来添乱了。"

受伤者的史纤也不想再打,抹了一把鼻子,揪下一个大血泡:"算了,一群疯狗。今天只当是我没看皇历,出门踩一脚狗屎。"

"怎么算了?你脸上是蚊子血?"毛哥跺了一脚,"兄弟,这里是东麓山,不是长白山吧?这里是红土地,不是黑土地吧?几个东北崽,打上门来撒野。这笔账不算清,我们这脸上贴的是屁股皮?以后还好意思出门上街?"

受伤者说:"他们是东北虎,都是大个头,你要吃亏的。"

这话更激发斗志。"打得死我,吃不完我。老子咬也要咬他一口。"

"小武,毛小武,你怎么又管不住自己?"楼班长冲着毛哥的背影大喊,"你在班会上怎么说的?你保证过的三条就忘了?……"

毛哥早已跑没了影。

这一天,他再一次肌肉思维冲动,没追上那一众东北崽,也顾不上官方的保卫处,回头黑着一张脸,下令纠察队总动员。这"纠察队"其实来路不明,成员也时多时少,五六个红袖章更不知是从哪里找来的。据说新校长见过这些袖章,听说他们在抓小偷、抓流氓、看守晾晒的衣服和工地的材料,便表扬他们爱校如家——这在他们看来就是得到了官方正式认可。他们上梁烧蜂窝，粪池里捞钥匙串，诸多义举也曾广受同学欢迎。

不用说，值此危乱之际，养兵千日，用在一时，犯我敌寇，虽远必诛，好汉们不得不站出来维护校园安全和社会正义了。人家对毛哥的室友施暴，侮辱性太强，这事更没法不管。傍晚，薄雾淹来，红袖章们聚集在学校以东的大桥下，一片偏僻的开阔地。外援力量也悉数抵达，其中有毛小武的中学同学，还有一些街头兄弟，接到电话后都熟门熟路，哗啦啦招之即来，包括一武警、一交警，也换上便装加入，以示兵民同仇有难共担。他们操的操大棒，拎的拎羊角锤，有的还扛上了铁锹，分乘一辆中巴和几辆单车，卷起一路滚滚风尘，从四面八方赶赴目标地，有一种渴望已久和狂欢大庆的劲头。

毛哥已剃了个光头，一件夹克衫缠在腰间，把左袖卷起，把右袖也卷起，对自己的老部下做最后动员，喊出了桥拱下的嗡嗡回音："……弟兄们，臭清朝的小贼寇又进关了，贝勒贝子下毒手，残害我中原父老乡亲，一心要复辟大清帝国，狼子野心，天理不容！"他不知何时想到了这一套说辞，于是两校之事成了两地之事，两地之争成了两制之争，居然一下就提升了打架的意义。一个普通的治案事件，眼看要上升到保卫共和的高度——毛小武这大学文科生看来也不是白当的。

"我问你们，就一句话，当不当吴三桂？"

"不当——"下面一片怒吼。

"你们是站着撒尿的，还是蹲着撒尿的？"

"站着撒尿的——"

"你们是不是我毛小武的兄弟？"

"是——"

他明明多问了两个问题。

"那好，九点半，就在这里，拍死他们！"

拍死他们！拍死他们！拍死他们！……好汉们群情鼎沸，振臂高呼，中巴的喇叭声也夹在其中。

"打死卵朝天，不死又过年！"不知谁又擅自追加一句，再现当年南门口的慷慨激昂义薄云天。只是说话糙到这一步，让几位大学生一怔：今天来的是些什么人啊。连毛小武也横了一眼，皱了皱眉头，对身旁的同学嘟囔，说今天不知有些人是如何来的，那意思似乎是嫌眼下场面太杂乱。

但开弓没有回头箭。时间、地点、方式都已在战书中定下来的。包括药费自理之类的约法三章也见于白纸黑字。不用说，这一战书已派人提前送达化工学院。不过，一直等到九点左右，等得大家在夜色里撒的撒尿，打的打哈欠，咽的咽口水，一位男生才匆匆从那里来，送来东北崽们的一纸回复：

要打架，好得很，奉陪到底！
但我们干吗要听你们指挥？我们的规矩是，你们一人顶个脸盆，在南大桥上跑三个来回再说。做不到就少来放屁！

这明显是厌了，是打不赢就骂赢，骂不赢就赖赢，炖熟了老鸭嘴还硬。毛哥啐了一口，一把揉了回条，说他们不敢来，那我们就上门去讨个公道。

幸好那个便装交警拉住了他："毛哥，入室行暴，街头斗殴，这在法院里量刑时差别好大呢。"

毛哥也想起来，江湖上也有不入家门、不伤家人的规矩，同国家法规差不多。只是眼下学生宿舍算不算家，他有点迷糊。

"那你说怎么办？"

"打是要打，这没得说。以牙还牙，那也没得说。不过要看今天打还是明天打,现在打还是以后打,是在有利的时候还是在不利的时候打……"

"你直说,意思就是说不打了呗。"

"不,打就要打得痛快,打得他们跪地求饶喊爹叫娘。只是他们闭关不战,这又黑灯瞎火,我们去捉虱子,放不开势啊……"

"那又怎么样?你有话说,有屁放!"

幸好,有一同学来报,说毛哥你妈你姐来了,便装交警就不用再说了,也没工夫说了。毛小武回头看,果然见一妇人坐在轮椅上,被楼开富抬过一条沟,向他一步步放大而来。那确实是妈,一张再熟悉不过的瘦脸,一个输液吊瓶还由他姐在一旁高举——他后来才知道,原来是班长这老货真是想得出,自己降不住正义的队伍,竟拿出了以前当小学副校长时的家访经验,放出了人情大招,架起了人肉盾牌,把病得不能下床的他老娘也搬了出来,无非是要扎心,要搅局,要灭自家的威风长贼人的志气!

毛小武愣了一下,像个泄了气的皮球,只得咣当一声丢下手中铁棍,偷偷扒掉袖章,顺手不知从谁的头上抓来一顶帽子,盖住自己的光头。

妇人朝他头上陌生的帽子看了一眼。

他知道妈的意思,结结巴巴一阵,大意是这次是人家先动手,欺人太甚,罪恶滔天,搁谁头上都得发飙,不灭不足以平民愤……没料到妇人根本不搭理他,只是翻了一下眼皮,哼一声,让女儿推动轮椅绕场一圈,看场上还有哪些熟面孔。说也奇怪,人们这时惊讶地发现,就妇人这一声哼、一轮看,如同现场验身,现场揭短算账,已收拾得儿子的几个小伙计躲的躲闪,假的假笑,锐气大挫,阵形开始混乱。原来那几个以前都吃过她毛家妈妈的饭,吃了的嘴软。

她好像也把毛小武盯醒了，让他从半天云中跌回现实。他半张开嘴，阴沉着脸，死鱼般的大眼睛轮了一圈，大概是怕他娘还有深藏不露的功法，赶紧向左右抱拳拱手，气呼呼地赶上去推着轮椅离场——他最顽强的抗拒，只是接过轮椅时，暗中踢了楼开富一脚。

踢得班长蹲下去紧捂脚踝，哎哟哎哟，好半天还有泪花。

事后校方给毛小武一记过处分，撸掉了他的体育委员，就是考虑到他虽无斗殴后果，但有动机，有行为，有组织化，且态度一直不端，此时的一脚便是报复证据。

"小武爷有话，"有人在他身后吆喝，"散了，散了……统统散了……"

受毛哥行前所托，史纤等室友留下来尽地主之谊，代为答谢校外各路好汉。陆哥是带薪学生，但自称这天没带多少钱，只买来三包烟、半箱啤酒、一些纸包糖，给他们一一分发。史同学觉得事情因他而起，实在辛苦各位，自己又出不起钱，只好忙不迭到处握手和鞠躬，又以自己的诗篇当酒，来一番精神犒劳。在那个大桥拱下，他朗诵了自己写的几首，牛啊，狗啊，鸟啊，水车啊，爬藤啊，篱笆啊，老树啊，水面上的倒影和波纹啊……都是用纯正普通话朗诵的，铿锵顿挫，浩荡抑扬，不料听者却一片沉闷。这念经不像念经，快板不是快板，很多人可能没听懂。

他又讲了一个笑话，先笑出了自己的咯咯咯，还是没得到多少回应。

一个臂上刺青的小哥眨眨眼，私下里问："兄弟，搞了半天，你们今天就是为这个神经病出头？"

陆同学说："看走了眼不是？他可是我们班的著名诗人，在报上发表过诗的。"

"还诗人？怎么长得像个驴贩子？"

"学着点,这叫奇人异相。"

"怎么一开口就学驴叫?依我看,反正啤酒不够喝,闲着也是闲着,今天把他捶一顿算了,省得他以后动不动就来发癫。"

旁边几位放出大笑,砸了几个空瓶,一个个摩拳擦掌,大概想发泄一下他们对东道主抠门的不满。他们今天虽不算威加四海,凯歌高奏,至少也算得上两肋插刀,见义勇为,怎么说也不该只被一两口啤酒打发。他们没注意到,他们的刺青太扎眼,对诗歌和普通话的不敬也早就让学生崽们互递眼色,一个个摇头叹气。陆一尘还对旁人恨恨地咬耳朵:"我早说了吧?姓毛的是个扫把星,总是交友不慎,哪一天会让我们跟着吃大亏的!"

第十一章　天堂里的人间烟火

　　小说是表现生活的——中文系的各种教材都这么说。

　　肖鹏自写小说以来，却逐渐困惑于一个问题，一个很大的问题。这么说吧，如果有人以为小说里有生活的全部，小说与生活之间可以画等号，那恐怕是一个天大的错误。

　　道理很简单，小说别名"传奇"，总是聚焦于新奇之事，于是生活中大量的吃喝拉撒和生老病死，因琐屑无奇，一开始就被排除在小说之外，成为大盲区。这就剪去了百分之八十左右。连任何伟人或美人无聊重复的日常，也都处于此类盲区，更遑论其他。

　　其次，很多故事早已积累在前，若与后来的故事大同小异，在读者看来几近重复，也必被小说家们避开，一如武松打虎后，就不会再有仿武松打虎；庄周梦蝶后，就不宜再有你我梦狗；如此等等。这又得剪去一大块。

　　接下来，另有一部分生活，奇到了单色调、极端化、十分罕见的程度，虽可能真实，却也令人生疑，如亚里士多德《诗学》一书中提到的，好人好到了几乎从不做错事，坏人坏到了几乎从不做好事，诸如此类，没法让受众悬心地"紧张"与"惊讶"，不易产生代入感，那也大失吸引效应和审美价值，跌出了小说的兴奋区。这又会被剪去不少。

　　到最后，伦理、宗教、法律、政治、习俗、市场和资本等，布下了各种心理安防禁区，还会让小说家们主动或被迫地剪去诸多"不合适""不正确""不允许"的东西……由此下来,七剪八剪,大树就可能剪成一个棒槌,甚至一根牙签。不妨想想,如果一个读者凭借棒槌(甚至牙签),去想象、辨识、规划、营建自己的生活之树,岂不会在真正的生活那里碰得鼻青脸肿?

很多人对生活的无知、失望、愤怒,是不是多来自于小说的误导?

换句话说,一种逼得小说家们没工夫撒尿的追新猎奇,是否一定合理?特别是从当代的小说来看,谁能保证,小说家们挂一漏万之后,所取之"一"必定比另外千万个"一"更重要?更能表现真正的生活?

明此理,大概就不必对筛选出来的东西过于信任了。

不管怎么样,肖鹏眼下已写到了七七级的毕业,一个具体利益突然逼近的微妙时刻,也是有些人日后不堪回首的时刻。

□□□□□□□□□□□□□□□□□□□
□□□□□□□□□□□□□□□□□□□□
□□□□□□□□□□□□□□□□□□□□
□□□□□□□□□□□□□□□□□□□□
□□□□□□□□□□□□□□□□□□□□
□□□□□□□□□□□□□□□□□□□□
□□□□□□□□□□□□□□□□□□□□
□□□□□□□□□□□□□□□□□□□□
□□□□□□□□□□□□□□□□□□□□
□□□□□□□□□□□□□□□□□□□□
□□□□□□□□□(版主说明:因有网友和机构投诉,此处被屏蔽一千七百多字,以后是否恢复,视作者申诉结果而定。)

下面是未删的部分:此时的大学生还享受国家计划分配,于是楼开富的去向相对优越，虽未能如愿以偿，未能去省委第一办公楼，拿到特别的红版出入证，但去了省党报，也算是一个不错的单位。不久后，他升任总编室副主任，娶一位厅长的女儿为妻，前程一派光明。党报的权威在那里，总编室举足轻重，上哪些稿，撤哪些稿，给谁加加分，给谁减减分，关系不少人的仕途。因此他下到市县各地，总是被一些干部前呼后拥，有好茶好酒好饭招待。

陆一尘、肖鹏、赵小娟后来陆续调入省城工作，史纤在当地找到饭碗……这些好事后面多少都有他的影子。

班长永远是我们的班长！老同学设宴感谢他时，一举杯，一起哄，掏出的感激之情很让他受用。

楼哥，你不能偷懒，不能下岗，不能偷奸耍滑，要继续干一行爱一行啊，永远带领我们奔共产主义。肖鹏有一次也这样举杯谄媚。

楼哥暗想，这小子当年不是玩世不恭、老子天下第一的现代派吗？如今也知道钉子是铁打的，粑粑是米做的，任性当不了饭吃啊。

"肖鹏同学，这与我有什么关系？"他谦虚出一种公家人的风度，"是金子总是要发光的。说实话，这都是你们自己努力的结果。要感谢，得感谢你们自己，得感恩这个改革开放的新时代。"

当然，也有些同学对世情一窍不通。那个谁，当初未成年的曹立凡，就活脱脱一个未老先衰的少年痴呆，总是听不懂话，该笑时不笑，不该笑时倒笑，一听楼班长要帮他上一篇稿子，替他扬扬名，便立刻往歪里想，吓得连连摇手，说他没钱，真没钱，不要这个虚名……他想必以为楼副主任是勾兑有偿报道，下作和无能到这种地步，要在老同学身上割肉？

"我没有找你要广告或者要赞助吧？你那个学校能保工资就

不错,我还不知道?"

"楼哥,我真是做得不够,还不够格。"

无论楼哥如何解释,那家伙还是一直摇手到最后,饭吃到半途就溜之大吉。他肯定是在县城中学里待傻了。

相比之下,当然是马湘南(就是在小说中托名"马胜堂"的)最善解人意。楼开富帮他协调过一桩官司,后来接受过对方多次宴请,两人还一同去了趟南方那个特区城市。

没料到这一趟,倒是使楼哥肚子里有些打鼓。怎么说呢,南方,还特区,完全是另一个世界,是他们同窗求学时完全无法想象的一切,是闪闪耀眼的太多可能性。那里群楼林立,车队潮涌,缤纷商厦大若迷宫,白天和夜晚都在沸腾,到处都翻涌出空调机排放的冷气或热浪,一片形如冰炭的繁荣。像"时代"这样的词,只有在那里才会蠕动,才会伸缩和起伏,一个个活起来,啃咬内地人的绵绵心思。

正如当地人一度迷醉和夸耀的,那里的时间由卡西欧管理,夜景由飞利浦掌控,速度由丰田和福特定义,皮肤由香奈儿和雅诗兰黛啊护,舌头是交轩尼诗和马爹利训练。连裤裆里的老二也被泰式按摩女精心打理——虽并不涉性,对方只是对客户的所有肉体都尽职尽责,即便遇到尴尬事,也保持一种职业化的温和微笑。

这太不公平了吧?从那样的会所里出来,楼开富全身上下从里到外热烘烘软酥酥,鼻子边余香犹存,生命能量似乎在每一个毛孔里喷涌。原来马湘南这小子,早早就过上了这种非人的生活?居然比兢兢业业的干部们还前程远大?

也就是时隔几年,马湘南已身家莫测,另有好几处离宫,光是家里的名酒就有数十种,光是锅就冒出五六十个,铁的,银的,铜的,陶的,煎的,炖的,吊的,平底的,桶状的,桃形的、鱼形的、杀菌的、除腥的、烤蛋糕的、炸油条的……占满整整一间储藏室，不知吞吐过多少奇珍。有这么多锅拱卫主人的肠胃和心情，他出门应酬，一高兴，据说就叫人把门外擦皮鞋的统统召唤进来，给夜总会里所有的人，认识和不认识的，统统擦上一轮皮鞋，搞得大家都大为惊愕与欢乐。如果他更高兴了，就一边打电话一边往外走，跟在屁股后头的司机，会奉命给所遇见者一人一张百元大钞，就当是钱多得烦人，得让老百姓帮忙花掉。

更让人惊讶的是，他不但喜欢锅，而且迷上了老掉牙的开会和操训，他以前最痛恨的那些苛政恶法。他动不动就集合手下人，统一制服和动作，众志成城地升（公）司旗，唱（公）司歌，背（公）司训，听他一本正经地上课训话："……你们不是有人偷偷贴标语，要打倒马胖子吗？贴啊，贴啊，使劲贴，我马胖子就在这里。你们最好贴到天安门去，我报销机票。你们最好搞飞行集会散传单，我保证一个不抓，还给你们发奖金。"

"……你们少给我讲自由，少给我讲个性。个性算个屁！狗屎没个性吗？猪屎没个性吗？有干有稀，有黄有黑，一坨一坨都不一样。但狗屎猪屎永远都是屎。要打江山，要救自己，你们就必须把那个狗屁个性甩在地上，踩三脚，踩三脚，再吐三口痰。我们是谁？我们是市场经济的敢死队，只能靠三大纪律八项注意，靠光荣的革命传统，靠全公司上下同欲死心塌地。那个三大纪律……"他随手指定一个人，"你给我背。"

对方准确背出来了。

他又指定另一个人："八项注意，你背！"

这一次对方是个妹子，结结巴巴只背出了五项，偷偷看他一眼，脸都吓白了。她背的也不是公司版本，比如未把"群众"一词改成"客户"。

马总咬牙切齿："说，你怎么混进来的？哪个招聘你的？收了你多少回扣？吃没吃你的豆腐？……"

他回头交代任务："黄主任，给我查，查出来统统走人。"当下就使妹子忍不住捂脸大哭，歪着身子跑了。

这里的人都知道，马总还特别注重全员体能锻炼，一有机会就逼他们列队跑步，大概是想跑出革命军营里的忠诚与顽强，跑出铁军声威。他亲自吹哨，亲自原地小跑示范动作，吹着吹着大呼一声："停——"大家以为有什么大事发生，其实他只是指定一位男员工："你把鼻涕擦干净了，好不好？"然后挥挥手让大家再跑。

过了一段，他突然又大呼一声："停——"指定另一位女员工："喂，喂，你花短裤都出来了，看不得，看不得。"这是指对方的女裤侧缝没扣严实，露出了一线花色。

待很多人忍俊不禁，待当事人一脸通红手忙脚乱，他仍是满脸严肃："笑什么笑？贼眉鼠眼往哪里看？都看我这里，都听好了——"他重新把哨子塞入嘴中，再次发出哨令，驱动一支商业铁军滚滚向前。

大家也知道，如果他对操训满意，很可能慷慨犒劳，从一百到五百，赏金不等。以后包飞机出国去玩玩，也是他的许诺。

不用说，他对老同学都还算热情，对楼哥的情义更不含糊，一心逼对方承认自己穷，你不穷？你不穷谁穷？你怎么可以说自己不穷呢？进入特区的第一天，他就大举助困扶贫，扔给对方一包套套，同时拍下维也纳乐团的天价门票："兄弟，先解放肉体，再解放灵魂。你到了这里就得大卸八块，五马分尸，死去活来，重新投胎！"

楼哥不敢接套套，顿时红了一张脸，说不能开玩笑，那会让他犯犯犯……错误的。

"你小子就是这一点不好玩。这也错误，那也错误，放个屁都要憋成丝,憋成粒粒。你就不怕憋出自己一个肺气肿?"

楼哥其实自己也觉得不好玩。但有什么办法呢?自己好歹端的是官家饭碗,是有身份有责任有纪律的,真接了套套,往后讲不起话,在老同学面前也尴尬。

记得小时候,他来省城亲戚家寄读,在栅栏外偷窥过高层的机关大院,看那里的花果缤纷、园林幽静、路灯璀璨、军警巡逻、小轿车闪闪发亮,还有周末大礼堂电影散场时众人的惬意谈笑……他觉得世界上如果真有天堂,栅栏那边一定就是了,不用再找了,也不能另外再有了。

当然,他大学毕业后真进了那个院子,也就那么回事。官身不自由是一定的。好容易混成一个副处,说起来好听,也不过是高级马仔,一扫一大堆的货,丢进大机关里根本看不见,每天还得骑单车上班,还得打开水、吃食堂、取报纸、擦桌拖地,同勤杂工差不太多。他有时在上司前低眉顺眼,跟着哪位长官去开会,还得忙不迭地开门、打伞、提包、端保温杯,练就一身眼明手快的功夫。

更重要的是,天堂里其实全是人间烟火,并非所有上司都和善温良,是凶是吉这要看各人的运气。有一次,他负责一次会议的住房分配,给领导挑了最好的一间,不料那领导看过房间后就是不入住,回到大堂里死坐,脸色很不好看。要不是同事私下指点,他根本不知那间房里一幅《天涯海角》的风景画犯忌,不知"天涯海角"暗含走投无路的意思,更不知房间号是"七",正合了"七下八上"的一个"下(台)",都很不吉利,让人家恼火。自己后来好多次被那位领导视而不见,差不多是罪有应得。

还有一次也无奈。有一个领导说,这一段太忙了,忙得我上火,嗓子痛,嘴上起泡。他随便接上一嘴,说我不同,我一上火就便秘。结果对方沉下脸,把他送来的材料看也不看,随手扔到一旁，让他等也不是，走也不是。这回他吸取此前教训，忙反省自己的言语。真是不想不要紧，一想吓一跳，他怎么这样无聊、这样恶毒、这样下流呢？竟把人体的上下器官串在一起说，岂不是恶语辱骂长官？要是放在战争年代，他这种反贼岂不有通敌之嫌，完全是反动本质的自我暴露。

"姚部长，对不起，对不起。我我我确实是便秘……"只是他越慌张，越可能说乱，舌头扭不过来，"与您的便秘没关系……"

对方沉下脸："我什么时候便秘？"

"不是您便秘，我是说我牙痛……"

"你啥意思？"

"我是说，我是说，您千万别往心里去……"

"我刚才说了什么吗？我什么事要往心里去？"

"不往心里去就好。我只是担心您生气……"

"我、生、气、了、吗？"

"您看，您已经生气了，您还不承认……"这差不多是死缠烂打，他今天定要同首长死磕到底了。

"楼开富，你太过分了。你胡说些什么呢？出去，出去，你现在就出去！"

真是越描越黑。楼哥出门时万念俱灰，心慌意乱，见橱窗里有草书作品，赶紧欣赏了一番，以实际行动看齐部长的草书爱好；见街头的臭豆腐，也赶紧恶心一把，怎么说也得与部长的口味保持一致，决不接受恶俗之食。这一切弥补似乎仍不够。他还一连写了三份自我检讨，却不敢上交，总觉得明说暗说都危险，都不对，最后只能奖其烧成灰冲进马桶。

他不知自己把马桶盯了多久——那个地狱之门，那个知晓他一切却守口如瓶的白胖家奴。

他不是堂堂大学生吗？不是在报社里怎么也数得着的香饽饽吗？不是还有个当厅长的岳父在那里戳着吗？屁，厅长算个球。他现在已看清了，自己越是起点高，就越招妒忌，越可能被人明捧暗踩。如果你的靠山在官场上有对手，栽跟头，那就更圆满了。你就等着靠山变火山，烧一个焦头烂额吧。

见到赵小娟时，他感慨万千，长长叹了一口气。

"你脸色怎么这样难看？你千万不要泄气。这宫斗戏哪里没有？你条件那么硬，能力那么强，谁怕谁？"对方兴冲冲地鼓励他。

"你不了解情况，没你想的那样简单。"

"算了，官场失意，赌场有戏。现在是中华人民麻将国，最好玩、最开心了，是个人都玩得尘土飞扬。哪天我带你去搓一把。"

"我不会。"

"是你家那位领导管着你吧？"

"那倒不是。"

"我教你嘛。"

"我笨。"

"你确实笨，笨得死，老木瓜。"

"再说，耍钱……毕竟影响不好。"

"去，才混成个小鬼，就想当菩萨了，什么呀。"对方用食指戳他额头一下，"有什么大不了的？天下菩萨也都是人，该爽还得爽。"

这一戳很亲切，凉凉的柔柔的耐人寻味。

他们一起吃饭了，一起散步了，一起走入路灯照不到的树影里了，一起走到赵小娟家的门前了。他甚至陪赵小娟去给她宝宝买了牛奶又挑了玩具，在旁人眼里肯定就是一对，被深度的家务状态绑定。楼哥因这种恍惚的绑定而呼吸急促，听到自己心跳加速，拿不准眼下该不该做点什么。对方刚才似乎无意中扭了扭腰身，无意中说到老公出差不在家……这算不算暗示？如果算的话，如果他眼睛一闭豁出去，迎接他的将是投怀送抱，还是恰恰相反，来一记响亮的耳光？

"再见。"对方挤出一个鬼脸，关门了。

女人的鬼脸更耐人寻味。也许她们打算投怀送抱却在最后一刻来了记耳光，也许她们打算来一记耳光却在最后一刻投怀送抱，谁说得明白？

他在回家的路上心里七上八下，最后只好强记英语单词，记下了鸡蛋苹果椅子桌子天空土地老虎兔子总理皇帝，总算挤走了脑子里那个女人的大胸。

第十二章（Ａ） 体育新星

为了恢复与姚部长的关系，楼开富通过一两位同事，大体摸清了姚家的情况，知道部长有一个亲侄儿还在陕西乡下，两次考大学都落榜——这也许就是一个机会。

楼副处翻查各种通讯录，总算找到了一个名字：林欣。她不就在那里吗？不是说在特殊教育方面小有成就，前不久还受过嘉奖？照他估计，降分录取一个学生，小事一桩，林欣这条关系应该用得上。

林欣当年也是班上的杠头之一，与他的关系算不上好。不过毕竟同窗四载，生活早已翻篇，一切都可以重新开始。

他打算把这件事暗中搞定，再给部长一个惊喜。

没料到，电话打得不是时候。第一次电话，对方说就要去听课了，来不及了，楼哥你下午再打。第二次电话，对方说她心情不好，对不起，现在根本不想听也不想说什么。到第三次，对方却劈头盖脸就说起了离婚，问协议离婚和诉讼离婚各自的条件，问财产协议是怎么回事，问法律调解要怎么做……她显然搞错了人，把楼开富当成什么律师，没注意座机上的来电显示。

直到楼同学报上大名，对方才连连道歉，笑得不好意思。她后来解释，惭愧，她同家里那口子实在不能过了，勾搭不成了，非休掉他不可了。原因是那家伙徒有大汉的身坯，骁勇武士的气势，其实整个一个软蛋，面子薄，假仁义，狗揽八方屎，专给老婆添堵，光是走后门招生的破事就令人烦不胜烦。两口子不久前恶吵过一次，差一点闹出流血事件。

在林欣看来，那家伙摇摇猪脑袋就那么为难吗？不就是人家硬要请吃、要请玩、要塞手机或信用卡？多大的事啊。如果他对老婆殷勤一点，多做几次狮子头，她最爱吃的东西，她起码可以教一招，保他把破事统统摆平。

这倒引起了楼哥的兴趣，问什么招，不能让我学一学？

"可以，你得欠我狮子头。"

"别说狮子头，下次见面，山珍海味随你点。"

"我就要狮子头。"

"好，就狮子头，狮子头，你要多少有多少，吃了再打包。"

"那好，你听着。人家如果揣着名单来找你，你就先问一句，这是你亲戚吧？如果对方一慌，说不是，你就闭着眼睛理直气壮，说去去去，是亲戚我就给你想想办法，谁叫我们是朋友呢？至于别人的事，八竿子打不着，你能走多远就走多远。"

"来人要是说，是亲戚呢？"

"那也好办啊。你同样可以闭着眼睛理直气壮，说不得了不得了，不是亲戚还好一点，如果是，千万免开尊口。上面下面眼下都专盯这一条，一查一个准。到时候毁了你的前程，我岂不是千古罪人？所以这次我非拦你不可，谁叫我们是朋友呢？"

"你原来是在这里等着……"

"当然啦，两个套，随他钻。"

楼哥恨不能抽自己一耳光，后悔刚才不该问，把自己带到坑里了。他眼下正是揣着名单来的，撞上对方的连环杀，阴阳套，两头都是死，正事如何说得出口？

"佩服，佩服，你……"他只能嘿嘿。

"本大姐当年好歹是班上的象棋女皇，智商一流，你忘了？"

"没想到，你还蛮马列……"

"这就叫马列?"

"原则性……很强嘛。"

对方哈哈大笑:"楼班长,放在大清朝、大明朝、大宋朝,也得这样阴谋诡计吧?"

楼开富不知自己是如何结束电话的。不仅事没谈成,而且话里听音,连自己的政治理论功底也被对方不屑。看来他今天真是昏了头,没事找事,送上门自取其辱。

他想了想,回头打了个电话,再次盛赞林欣的阴阳套和原则性,话头没拉住,一激动,便顺势痛斥眼下多见的腐败,好像贪官之外,只剩下尚未暴露的贪官;刁民之外,只剩下尚未练成的刁民。其大嘴狂喷之势,连林欣也在电话那头听得支支吾吾,似乎摸不着头脑。他这是勇敢支持清议,补上迟到的正义感,还是突然骂出了自己的豁然开朗的一份释然?逻辑似乎是这样:既然满世界都是混蛋,他就算不了什么。既然大家都不干净,他揣一个小小名单就无可厚非。这也就是说,搞腐败的,想搞腐败的,其实眼下最擅长、最愿意骂腐败。那种骂是面子和里子都赚嘛。只要用愤怒包装了羡慕,就可以骂出一种走后门的自我鼓励和自我赦免,足以消解任何自我不安,楼哥就是这样骂出了全身轻松,觉得自己更有理由替领导分忧了。是的,他一次次确认,自己是有理由的,是无辜的。

这姚部长的事看来还非办不可。他打算让老婆去另找人脉关系,只是没料到,回家后发现老婆这里先炸了锅。事情是这样:无非是几天前他与赵小娟一起吃过饭,被老婆的一位闺蜜远远看见,老婆接到告密电话后火冒三丈,回家没嗅到丈夫衣上的香水味,没找到丈夫围巾上的长发丝,但她那份助理检察官的差不是吃素的,最终果然一举发现抽屉里的发票。一张餐饮发票,日期对得上,金额差不多,正像两个人的开销。更可恶的是那饭店名叫"红玫瑰"——多么浪漫温馨的名字,多么心怀鬼胎臭不要脸的地方!果然是人家说的,老同学相会,拆散一对算一对。这异性同学果然是一个个防不胜防的活地雷啊,她姓黄的火眼金睛,这一下终于又挖出一个。

因此,当楼哥敲开家门,老婆一张黑脸就堵上来,质问他这一段为什么总是很晚回家,质问他经常同哪个狐狸精鬼混,质问他是不是那个姓赵的老相好……当邻居前来劝解,老婆连哭带闹,连撕带踹,一声"滚",公文包早已砸在丈夫头上,砸得他跟跟跄跄在楼道里一屁股跌倒。

生活中这种画面不少,写入小说大同小异其实相当无趣。作者在这里即使绞尽脑汁,添更多邻居来探头探脑,添一点踢裤裆或揪头发,添一点闹离婚或要上吊,再加上无家可归者在街灯下与野狗的久久对视,还是乏善可陈,不如一笔带过。

稍可提到的是,下雨了,楼哥返回办公室,在沙发上刚和衣躺下,垫上一堆旧报纸当枕头,又接到老婆她大哥、二哥、三哥的电话,一个个全是狗屁腔。即使最温和的二哥,虽没臭骂你小子,虽未扬言毙了你这个王八蛋,但熊猫放屁同样臭。他说你呀你,你上错床是错,让老婆发现更是错上加错——有这样案情复盘的吗?有这样总结教训的吗?这种男人之间的掏心窝子话是不是哪里不对劲?先捅一刀再给你上药,先泼大粪再给你洗头,不还是要强加你不白之冤?

"我没有,我真是没有……"

楼哥恨不得要撞墙了。其实,也就是一个"红玫瑰"店名,也就是吃了个便饭,也就是从中山路走到了荷花池,在玩具柜台前暗中纠结了片刻……这一切碍着谁了?犯哪条法啦?他只能相信,老黄家这一伙太势利,从来没把他楼开富当人。不错,他们有个当大官的爹。不错,他们自己一个个志得意满,混成了师的师长、厂的厂长、院的院长,因此不拿正眼瞧他,只当他是一团无形的空气。连他们的几个小崽子也学坏,不插断别人的话,偏偏喜欢插断他的话。给这个那个长辈做生日贺卡,偏偏把他给漏掉。叫大伯大婶二叔二婶三叔三婶姑姑什么的都叫得顺溜,偏偏叫他"楼姑爷",多出一个"楼"字,什么意思?不就是没把他看成自家人吗?不就是嫌弃他那寒酸的家庭背景?

"爸……"

"娘……"

不知何时,他想起单瘦的母亲,想起母亲给他留的菜,亲戚送来的半碗鹅肉,父亲病中吃不下,母亲一直舍不得吃的。但鹅肉留得太久,防腐的盐也下得过多,变成了又臭又苦的渣渣,实在难以下咽。

"好吃。""嗯,好吃的。"一个假期归来的高中生却只能这样说,在母亲满心喜悦的目光下,尽量大口咀嚼,尽量喜形于色,也尽量暗忍泪水——直到泪水在今夜再一次涌出,顺着耳根流下,滴在旧报纸卷上。

这一夜其实没有大雨瓢泼,雷击不断,撕天裂地,也没有楼下的一大片汽车在雷击之下纷纷自动报警,如一群孩子吓得哇哇大哭。但小说可以这样写,通常也会这样写,以便让读者觉得有什么事要发生。

移民国外的念头,一直在楼开富心中悄悄生长的念头,就是在汽车的一片哇哇大哭中变得清晰的。是的,他得活下去,他应该还有机会。也许只有那样拼一把,他才能最终逃离阴影,绝地反击,脱胎换骨,最终以全新人生面貌在太平洋上空飞来飞去,俯瞰自己昨天不足在意的一切。他会让父母自豪的,会让自己自信的,会有一张女士们心仪的绅士脸,洁净光鲜得像刚走出理发店和裁缝店。他还会有咖啡、奶酪、洗衣店、橡树林的异国气息,从远程客机的舷梯走下来,接受一群土包子的欢迎与巴结。他将告诉他们西餐该如何吃,西装该如何穿,常春藤大学是怎么回事,在豪华场所签单如何签出脑电波形状的线条,让别人一个个去目瞪口呆……到时候,看他们还拿什么来插话。

在汽车们的再一次哇哇大哭中,他也想好了说服亲人们的理由。让孩子学好洋文,接受国际化教育,这一条理由就够硬。即便老婆疑心重重,她两个嫂子肯定也能用唾沫星子淹死她。说起来,那两个嫂子虽读书不多,却一直是英语铁粉。要是孩子在家里大读中文,她们当然高兴。若换成读英语,她们的高兴势必加倍,把任何家务都干得乐颠颠的。她们的耳膜早已不能容忍有人用"三代"代替"3G",用"立体"代替"3D",或者把"赖斯小姐"叫成"大米妞",把"波特先生"叫成"茶壶佬"……哪怕前后意思相同,哪怕后一种说法更好懂——那好懂的一定是欺诈,没说的。如果让她们去游历美国的新乡(纽约)、宽街(百老汇)、宝鸡(凤凰城)、蚌埠(珍珠港)……就像肖鹏恶搞地名时那般胡说,她们更可能被那些说不上错的土地名气得吐血,宁愿从飞机上一头栽下去。

人生的大转折就这样在一无眠之夜敲定。接下来的一段,移民准备一切顺利,直到楼开富夫妇俩都办好辞职手续,包括妻子辞去检察院一职,多候了一些时日。

计划却毁在妻子身上。她不小心摔了一跤,两天后又摔了一跤,后来三天两头就鼻青脸肿,或头破血流,好像她已分不清远近,有事没事就撞桌子;也辨不了高低,一提脚便常往虚处踩。看她手脚越来越多颤抖,好像已不是什么激动或晕眩,送到大医院一查,果然是晴天霹雳:脊髓小脑萎缩,来自某种家族基因遗传,一种不可逆转也无法根治的神经性疾病。

再说一遍,不可逆转,也不可根治。楼哥感觉轰的一声天塌了,自己坠入无边的黑暗——不,真要坠落就好了,就一了百了,百虑俱消了。要命的是,他无处坠落,无处溶化和蒸发,偏偏身高体壮地活在朗朗阳光下,需要面对一个再具体、再真切、再坚硬不过的家,他楼开富的家。

下半辈子的所有希望瞬间清零,全被一个女人粉碎。一个越来越枯瘦、健忘、多疑、淡漠、暴躁、胡言乱语的女人,一个在自己背上越来越沉重的大个子女人——他每次背她下楼去医院,抓拉到的肉越来越少,但那松散的骨架越来越重,越来越晃,简直是一床破絮被正在被灌注铅水。

老婆长期卧床后,靠他喂,靠他搀,靠他搓摸,对他的依赖和撒娇更多,也对他盯得更紧。一听他打电话,就会像一条鱼,蹭着墙根挪啊挪,爬啊爬,蹭到门边来偷听。见丈夫独睡一张小床,不知何时也会挤上来,强行钻进被窝,其实什么也做不成,只是蹭几下,就算完事。

有一次,楼哥洗完澡回到卧房,发现她完全不顾窗外冰天雪地,竟把自己脱得一丝不挂,冲着他一脸傻笑。

"你不要命啊。"他吓得赶紧去盖被子。

大概是痛恨被子,痛恨丈夫可疑的搪塞的拒绝,痛恨他出轨这事终于证据确凿,她歪着头,口挂涎水,两手握拳,蜷缩在床角,两只鹰眼透出威胁。

"我……要离婚……"

楼开富没好气地大吼:"黄玉华,你离,我看你离了有什么好!"

她还是哆哆嗦嗦:"我……要离……"

"离吧,离吧,看来不离你是不死心了。"

这就是说,真要离了。

她便呜呜哭了。

其实,离婚这事连他老楼都根本不敢想,也从来没想过。按理说,世界这么大,就没有一个角落让他隐姓埋名重新开始?女人这么多,到哪里都是一大把,就只有这一只带鳞带壳的老雕必须由他死扛到底,必须成为他唯一的命运?但割舍不下的,是儿子,八岁的儿子。这一天他回到家,发现儿子站在母亲的房门前,直愣愣看他,脸上有泪花和鼻涕花子,一条脏兮兮的红领巾歪斜不整。

"爸……"

"怎么啦?"

"爸……"

"怎么啦?"

"你不要丢下我们。"

"傻小子,爸爸能到哪里去?"

"爸,我自己能洗脸了,能洗澡了,能洗衣了。爸,我给妈端尿盆,我给妈喂饭,我给妈换衣服,我还能给妈擦身子……我什么都能做。爸……你告诉我做饭吧,我以后做饭,给你和妈吃。"

"新跃……"

"爸,你不要离开。我要你。"

父亲的泪水一涌而出,一把抱住儿子,久久没有放开,好像生怕对方突然变成一缕青烟飘散,顷刻间无影无踪。

"爸,你要是走了,我……会想你的。"孩子哇的一声大哭起来。

他在孩子面前彻底认命了。他不能离开,更不能死,起码不能死在妻子之前。他得扛住,得憋住,得熬,得磨,让灾难在他这里终止,不去碾压一团嫩嫩的骨肉。这当然首先需要他有一个强健的身体，能打两份或三份工的那种身体。他还不能旷工和迟到，不能生病请假，事到如今的他已没有倒下的权利。

他开始洗冷水澡，做俯卧撑，还有跑步。连他自己后来也惊讶的是，一天天过去，他变得胸肌发达，腹肌坚硬，手臂上肉疙瘩隆隆滚动，全身脱到只剩三角裤时，一旋腰，一回头，含胸架臂，在镜子里活脱脱就是个健美模特，一颗体育新星意外地冉冉升起。不光是太极拳和篮球，还有小马十公里，还有半马二十一公里……他拿下了一块又一块业余赛事的奖牌。不但在奖牌里找到了骨肉的自信，还享受了脑子里一片空白，一种酣醉不醒和飘飘欲仙。啊，生活多么美好，一片白茫茫大地上的独来独往多么美好！

三个哥都来电话了，一口一个"感谢"，一口一个热乎乎的"妹夫哥"，全是阿谀之辞，想必是他们黄家的小妹还需要守护。

大兄弟，你就是我们家的恩人！

你是我们全家人最好的学习榜样！

你有事就说话。我们哥几个要钱出钱，要力出力，要命给命，这一辈子欠了你的，下一辈子做牛做马也要还。

隔着电话，楼哥也能想象他们嘭嘭嘭地豪迈拍胸。

这一份尊重也许来得太迟。他放下电话时毫无庆幸和喜悦，倒是鼻子一酸，跑到厕所里哭了——他哭自己在活得最不像人的时候终于活成一个黄家姑爷。

不少熟人都看到过他的奖牌。如果有人说到健身，说到马拉松，硬要看一下奖牌的话，他便从包里掏出几枚银的或铜的，半推半就出示一下，补上谦虚的嘿嘿一笑。他有时还递出一张名片，证明他是M社区中老年健身协会主任，党员QQ群召集人，级别虽有些模糊，但怎么说也是一种职务——谁说不是一种重要职务？至少，他眼下是有组织的人，不单单是货车司机，更不是可多可少的社会游民。

偶尔见到老同学，他一如既往，去聚餐时必备上小礼品，比如，笔记本、文件夹、手提包、旅游帽什么的，都印有某某会议纪念的字样。这使他当下的身份更为莫测，似乎是在私企打工，又像是党政官员，或是业余兼职的党政官员，仍能出入有关部门，能经常出席重要会议并享受一些多余的会议礼品。

小说写到这里时，他又身穿短裤背心出现在跑道上了。没说的，他应该为组织争光，为自己争气，于是在赛道上逐渐脱颖而出遥遥领先，咬牙挺过了疲劳期，不再恶心与摇晃，随着呼吸与步伐的统一节奏，两步一呼，两步一吸，脑袋匀速地两边摇摆，双腿机械性地交错跨出，差不多已自行其是，如同奔跑与他无关，不过是路面的一种魔法。

他觉得世界一片静寂，连终点线的欢呼者也徒有嘴形和手势，构成一部怪异的默片。他没接受毛巾和鲜花，没法停下来，继续跑向慌乱闪开的男女，跑向纷纷避让的汽车，跑向陌生的街道和大桥。

在那一刻，他觉得自己已跑出了地心引力，轻飘飘飞了起来，飞越森林和大海，飞入了深空、太阳系、银河系，儿时的万花筒。

一辆无声的汽车突然迎面放大。他肯定是下意识跳了起来，于是被掀起来，撩到半空中，先是一个球状向前翻滚，然后像一朵花在慢镜头中绽开，缓缓地跃向天空，再悠悠然飘落大地。群楼倾覆，天地飞旋，他在那一刻怒放在炫目的太阳光下。

  海阔天空我们在一同长大，
  普天下美好一家，
  ……

事后他在病床上对QQ群的同志们说，当时他根本不知道赛程已经跑完，脑子里什么都没有，只有上面这两句歌词，不知是从哪里飘来的，奇怪地挥之不去。

《他人的心是个政治问题》 赵汀阳画

第十二章（B） 紫罗兰和玫瑰花

毛小武看完肖鹏上面所定的这一章，忍不住嘟哝："扯，扯吧，你写的这个L君就是楼哥吧？他是辞职了，没错。但他后来在米国，早就拿卡了，宣誓了。"

肖鹏说："你确定？"

"我去年还见过他，还有他婆子。她的腿脚好像是有点不便，不过脑萎瘫痪什么的，我没听说。"

"我也有点怀疑他们的传说。"

"你还是这样写了。"

"我听到的就这样，没办法核实。何况小说家有权虚构的，要那么较真吗？"

"还马拉松，还QQ群，还离婚，也太惨了。你最好还是厚道点，莫这样八四八。"

"八四八？什么意思？"

"八四八，就是八四八啊。奇怪……这话大家都懂，我从小就懂，只有你一个人不懂。"

毛小武常有自产自销的词，以为大家不可能不懂的词，于是同他说话须不拘小节，只能马虎带过。

肖哥笑了笑，说自己也听过毛哥的说法，对上面这一章也并不完全满意，甚至已有改写，只是定稿时犹豫了，难以取舍。他现在的打算是，不妨把两稿都上挂，比较一下不同写法的效果，让读者们自己来挑，那也是一乐。小说嘛，不是国家档案，再说档案也不一定真，管他呢。

毛哥很不理解："我不怕你现在混成了教授。你说，你儿也是你爹吗？你吃了也是没吃吗？这里面总得有一个真。"

"错，《三国志》里的诸葛亮，三顾茅庐那年才二十七，比周瑜小了一大截。但到了《三国演义》，诸葛亮老臣谋国，周瑜成了小后生。你说哪个是真？"

毛哥在桌那边乜斜着一对死鱼眼睛。

"你去过云南没有？那里好多少数民族，传说的是孟获七擒诸葛亮，同《三国演义》和《三国志》恰好相反。你敢说，阿哥阿妹相信的一定假？"

死鱼眼睛仍然发呆。

"毛哥，你别这样看我。三人成虎是假，众口铄金就不一定，一不留神就是真。这里面有哲学，有大哲学，你得琢磨。"

毛哥起身告辞："我懂了，文学就是十八扯，跳大神，随地大小便。反正我女儿以后要是报考文学系，我打断她的腿。"

他提起工具袋出门，回头对主妇补了一句："嫂子，煤气灶是修好了。但你家里这个老家伙，牌也不打了，酒也不喝了，头发越来越少，讲的火星话我听不懂，恐怕得去找个法师来收魂。"

主妇往客人工具袋里塞一包什么："谁说不是呢？前几天他总是找我要皮大衣，也是他小说里写出来的吧？哪有这样一件衣？他又说楼下有牛叫，每天晚上都叫。我怎么没听到？也是他写出来的吧？我同他说不清，恨不得拿鞋底抽他。你力气大，有机会也帮我抽，我付你手工费！"

主妇把兔唇客人一直送到楼下。

***

以下就是另一个L君，即毛小武嘴里的楼开富。依作者肖鹏的提示和要求，如果读者觉得这一章与上一章不相容，不妨自行编辑，在AB两者中择其一，删除另外一章。

还是根据肖鹏的说法，这一章基本素材来自毛小武，无其他佐证，与事实是否有出入，有多大出入，不好说。即便有出入，只要其他知情人没写出来，也无他人代写，那么对于读者而言，事实的更改权便一直无效。

新的一章是这样的：毛小武曾去马湘南那里应聘。马哥正好也看中了他，想找一个贴心哥们出任信息总监，管住全公司所有的电脑。除少数几台有特许授权，其他电脑都经过了改造，特别是财务部和研发部的，牵涉AAA级机密，在网上都只能下载，不能上传，更不能拷贝和打印。输出信号缆线悉数通向公司的总硬盘，由总监一人把控。谁要打印或拷贝，得经老总签批。这种严格保密措施已实施了多年。

坐在一个恒温恒湿的密室，看住一个总硬盘而已，没事就看电视打游戏，既轻松又高薪，当然是一份美差。兔唇哥一身武功还可以业余训练公司保安，一张臭嘴还常有娱乐效果。他最懂得如何钓鱼，如何捕蛇，狗有什么能耐，猴有哪些习性，天生的动物界代表，打开话匣子最能让马总惊奇。

毛妈听说这事后，高兴地做了一坛子酢鱼、几十个咸鸭蛋、一大包酸干菜，说什么也要带儿子一起去当面酬谢。不料马湘南出差，是马太出面接待的。大概是他们提来的编织袋太土气，吓了对方一跳。看上去脏兮兮的酸菜，也可能让她联想到棚户区和农民工，于是两只小手搓来搓去，交代下人赶快把东西拿走，又重新打量来客，特别是打量毛哥的兔唇，没让他们坐入沙发。

她叫保姆临时去会议室搬来两张木椅，另外设座待客。

毛妈迟疑地落下一小半屁股。毛哥却依然站立，紧抠椅背，气息越来越粗重，肯定是血流呼呼往头上涌。小条子（此语难懂），马哥怎么找了这么个骚货？连礼数都不懂，连长幼都分不清，坐一下都要把屁股分个三六九等，是不是事后还要差人洗木椅、刮椅面、喷药水，干脆把穷屁股坐脏了的椅子扔出大门？

他想说什么；不，想喊什么；不，想吼什么——但终于半个字都没有，只是低头盯住脚尖。

幸好保姆发现了一只飞虫。主妇张开血红大嘴大呼小叫，笃笃笃的高跟鞋满屋子蹦蹦跳跳，带两个保姆左右合围，前后夹击，挥舞早已备好的网笼，好容易捕住飞虫。她一路高喊不能打，要放生，小心小心千万小心……最终把落网飞虫恭恭敬敬请出门去，耐心观察那小精灵是否飞向了幸福蓝天，还赶紧燃上一炷香，插入厅里的香炉，连连拍打胸口，说阿弥陀佛，阿弥陀佛。

一次见面就算这样过去了。

回家的路上，毛小武一路瓮声瓮气。

"我身上灰多，是不干净。"母亲明白他的意思。

儿子仍无语。

"人和人不一样。人家不杀生，信菩萨，也挺好。"

儿子扭过头去看路边广告，看街头艺人，直到上了公交车，突然同天气叫上板。"嘿，阎王殿放假了？什么破汽车，装猪也不能这样装啊。"他一张狗脸说变就变，还与气象台不共戴天。"前天说降温，昨天说降温，降你贼骨子的尸。抽胡说不上税吗？臭王八蛋，臭不要脸，臭狐狸精……"他一直从车上骂到车下，骂到周边路人神色惶惶，无不东逃西窜。

后来，他当然没去马湘南的公司，也不再接对方电话，只是很久后才回了一条手机短信：

你那里阴气重，窗户都打不开，开会还要打领带，算了。

他与姐合开了一间早点店，不过只维持了大半年。附近的几家工厂倒闭，食客少了一半，还有工商的、税务的、卫检的、城管的时不时来找麻烦。他靠姐姐拉衣袖才没去打架，靠一些小兄弟接济和照顾，才勉强撑下来。有一天发现他姐收了一张百元假钞，气得大骂你眼睛里夹豆豉嘛，骂得他姐跑出去一夜未归。直到天亮时分，他才在一个桥洞里找到对方。几句软话说出口，姐哭了，他也哭了，两人紧紧抱在一起。

"姐，我再也不会骂你了……"

"不，是姐错了，当时怎么就没多捏一下呢？"

"姐，就算倾家荡产，我也再不骂你了。我保证，再骂我雷公劈死，汽车撞死，癌症磨死……"

姐给了他一耳光，见他呆呆地捂住脸，又扑上去抱住他，左一拳右一拳狠狠砸在他背心窝。

他后来扛过包，贩过酒，卖过光碟，当过门卫，开过铲车，一张马脸越拉越长，两颗死鱼眼珠越来越暗，目光总是往下沉。用他的话来说，他活得越来越"瘪"了，越来越"硌"了。他最不甘心去戴校长那里送礼，争取什么代课机会。但扛不住饿，看不得老娘急，最后他也只能当孙子，脸上挤出几轮假笑，扛一箱酒进了校长家门。"我们的祖国像花园，花园里花朵真鲜艳……"他的新工作就是打上小领带，给一群娃娃拉小提琴教唱。"请把我的歌，带回你的家……"这些歌他也教过的。

直到在火葬场送别老母，他才决心去找楼开富。听有些同学说，楼哥是个福星，刚从国外回来，在那边混得相当不错，特别是他老婆的律师业务兴旺。

黄玉华眼下大号为詹妮弗·黄，在一个五星级宾馆的套房包间接待他。她发髻高束，戴一顶紫色小帽，穿一身紧身低胸套装，香水味浓浓逼人，差一点呛得毛哥不敢认。还好，她没说洋文，让他放松了一些。她又说好多华人即便换了国籍，还是情系故土，比如，经常聚会吃中国饭，唱中国歌，在街头舞龙舞狮。这些话更让毛哥踏实了许多。

"头发怎么这样长？都这年纪了，还不会打理自己。等一下嫂子给你剪一剪。"对方亲切地上下打量他。

他嘟哝了一句，大意是谢谢嫂子。

"给嫂子说说，过得还开心吗？"

"开……开心吧。"

楼开富在一旁纠正："这话说得。开心还急吼吼地要移民？"

毛哥想了想："对，不开心，很不开心。我都快疯了。"

楼哥又笑："你以为人家国外欢迎疯子？"

"对，"他苦笑了一下，"我这嘴，就是不会说话。"

詹妮弗设置了桌上的沙漏计时："没关系。这样吧，事情其实也并不复杂。你是想做投资移民？还是技术移民？还是……"

毛哥怕自己再说错，求助的目光投向老同学。

楼哥说："他哪有什么投资？技术嘛，连本科文凭都没有。小武，你那把小提琴也好久没怎么拉了吧？去地铁卖艺也悬。"

"那是，我现在手上都是脚指头，顶多油条三级、馒头四级，开个早点店还行。"

"真有意思。"詹妮弗大笑，翻动桌上的文件，"毛先生，这就是说，你只能申请政治移民了。是吗？这样你就得考虑一个申请理由。"

"理由，就是不想在这里混了呗。"

楼哥轻轻踢他一下，示意这一句同样不行。

"你们是高人，好，好，你们教我怎么说吧。"

女人又笑了："这样吧，我这里有各种申请书的模板，签约以后我就发给你，你选一个合适的。只要让移民官相信你确有人道危机，就行了。"

"危机？"毛哥的死鱼眼睛渐渐放大，"我危机多了去了。那些人动不动贴封条、端锅、扣车、抬冰箱、收执照。我去代课，单车被撬走，打球摔个骨折。你说说，怎么就喝一口凉水都塞牙？我靠，老子真是开眼了，到处都是假校长、假大夫、假警察、假记者、假和尚、假乞丐……"

楼哥嫌他啰唆："鸡毛蒜皮不要扯了。依我看，你那年不是进过劳教所……"

詹妮弗对丈夫瞟了一眼："什么呀？刑事问题别谈好不好？移民官要的是政治啊，宗教啊，种族啊……"然后她交给毛哥几页纸，"这些材料你回去慢慢看，不用急。不明白的地方，就来问我，问老楼，都可以。你自己找个有文化的给你讲解，也行。现在你只需要决定：办还是不办。办，就签约交钱。不办，就当没这回事，该吃吃，该玩玩。抱歉，我还有个约，跟侨办领导见面，得先走一步。"

詹妮弗快刀切瓜嘎嘣脆，对毛哥的胃口。他忙说我办，当然办，必须办，随即去律师助手那里交钱。

助手收了五百美金，说正式申报后再收两千。

毛哥听得心惊，还是点了点头。

晚上回家，他把那些模板材料翻来翻去，却没怎么看明白。说宗教迫害，说种族迫害，故事都精彩，只是对于他来说风马牛。计划生育迫害当然与他的三口之家也没关系。刨去这些七七八八，只有政治还算块肉，上得了砧板。对，他也政治过啊，比如，给陆一尘当摄影助理，拍过垃圾村、按摩屋什么的，被陆哥拿去发表了——其实没赚几粒米。是不是被陆哥黑掉了,也不清楚。后来,就因这点小事,戴校长不但不赏识他的才华,还说他"抹黑现实",闯下了大祸,得拿钱去上面找人摆平——这不就政治了?他只是冲戴校长拍了桌子,就被扣发三个月奖金,再一次丢饭碗,那还不算政治?

有点疑惑的是,依照那模板,他吃的苦头似乎远远不够,得活得更惨一点才行。就像几个案例暗示的:他的照片,所谓独立摄影,最好是一开始就没发表,根本不能发表,送到哪里都遭封杀和查扣,因此只能拍成微缩胶卷,藏入内裤或鞋底,躲过警方搜查,偷偷带出国境。不,也不能那样,他最好出不了境,最好被警方抓过两回,留下臂上的鞭痕,经历过水牢或电刑,被男囚犯鸡奸……

毛哥揉了揉眼睛,把案例重看了好几遍,还是头大。他觉得自己已够惨了,还要被两三个家伙摁在床边硬奂,多没面子啊。这些事若传出去,自己就算挣上了美金,也没法出门吧?

他连夜致电楼哥,想问清到底是怎么回事,是不是自己猪脑子理解错了。

不料对方说老婆刚才摔了一跤,正在医院做检查,请他稍后再打。深夜两点左右,他第二次打电话,楼哥说詹妮弗还得检查脊髓,看能否排除遗传方面的原因。这样,毛哥直到次日才有机会与老同学通上话。

"申请庇护不就得这样吗?"楼哥笑了,"好多人都是这么办的。其实也就是说说而已,别太认真。你拿了卡,入了籍,该干啥干啥,照样可以爱国。你看看人家尉迟老师。"

这是指一个美籍华人,两天前楼哥带毛哥见过的。那时尉迟氏公司里插有好几个国家的国旗,墙上有政府颁发的中文奖牌,表彰他资助办学。

"你的意思,哇唧哇唧一下没关系?"

"你是自由的,你自己选择。"

"这么说……我也要被侴一下?或者整他一个假病历?"

"话不要这么难听嘛。这不是没办法吗?你一无投资二无技术,又不愿排队等劳工卡,那怎么办?你怎么就一根筋呢?"

他有点急:"楼哥,我要是说错了,你可别生气。你老兄,大班长,大道理比哪个都讲得顺溜,但到头来也当个人贩子,偷鸡摸狗打地洞,专往屁眼里抠粪渣,连中国连米国一起蒙啊?……我真是服了你了。莫非那些模板都是你们编的?你就没参加编吗?这在江湖上叫装神弄鬼,叫欺师灭祖,懂不?"他摇摇话筒,再拨一次号,"喂,你怎么就挂电话?这怎么是小事呢?你什么钱不好赚,要赚这种钱?米国那么发达,那么好,怎么就没把你们教好点?你别生气。你,楼开富,你,黄玉华,要钱有钱,要文化有文化,至少比我这种无业游民要高一撮撮吧?中国的五谷杂粮喂了你们几十年,不是从狗嘴里喂的吧?三天不见,牛头马面,天上掉下一个詹妮弗,不就是黄玉华吗?黄天霸的黄,玉石的玉,中华的华。一个小学的留级婆,给老子玩什么八四八……"

楼哥也冒火了,"毛小武同学,告诉你,是你找我,不是我找你。你都差一点偷渡了,什么时候倒学会了唱高调?"

"老老老子不办了,可以吧?"

"完全可以,OK。"

对方又挂了电话。

毛哥再次把电话打过去:"退钱!"

"什么钱?"

"预付金。"

"哦,那是另一码事。你说了不算,得我太太说了算。"

"不办了，还还还他妈不退钱？"

"你这种法盲，好像从不知道契约是怎么回事，不知道法制是怎么回事。"

楼哥脱口便是 You stupid Chinaman——他一直劝老婆不要这样粗口，没料到一急眼，自己也管不住嘴。

第二天一早，毛哥同老婆说到预付金，吵了几句，心情很坏。去宾馆要钱，一路上反复叮嘱自己要忍得，要忍住，今天就算憋到嘴臭也得忍，但真被詹妮弗的助手挡驾，真被宾馆几个保安驱赶，连楼哥也没见上面，还是红了眼。这孙子，宝马车明明就停在楼下，他如何躲在裤裆里不出来？他觉得那车辣眼睛，忍不住踢一脚，踢痛了脚尖，更是气不打一处来，抡起砖块便往下砸。

四个保安疯了一样跑来，把他一阵风扑倒在地。

"抓人贩子啊，抓骗子啊，抓——"他躺在地上时还扑腾不已。

"你还咬人？你找死真会挑地方啊。"一位保安死死掐住他脖子，掐得他翻白眼，掐掉了他的下半句。

不用说，他被扭送派出所，因扰乱社会秩序，获拘十五日。民事诉状也接踵而至，指他损坏私人财产，把车前盖砸坏一块，按保险公司规定，责任方须赔六万三。

老天爷，这么贵？他老婆来看望他时，两眼已哭成了红桃子，说他家汽车是金子打的吗？把我们全家三口一起剁了，也卖不出这么多啊……"警察同志，这个数字肯定是搞错了，保险公司把责任全推给我们，肯定搞错了！"

一位警察说："你运气够好啦，大姐。你砸一辆兰博基尼看看，那就不用问，赶紧回家卖房子。"

"我老公就是性子粗，"她向警察求情，"他也就是跟老同学斗斗气，常有的事，没想搞破坏……"

"性子粗？我看他硬是个死卵。"警察一声冷笑，"你用脚指头也能想明白，把那些人都送到国外去，多好的事啊。人们外国反正有钱，收走一些臭虫蚊子，给我们减轻了负担，改善了环境。你还去砸人家的车，脑子长毛了？生蛆了？要是换上我，肯定去敲锣打鼓送锦旗，代表政府去请他们喝酒！"

老婆看了毛哥一眼。两人都有些蒙，没怎么听懂。

小武获释的前一天，楼哥却不知为何闷闷地来了。他脱下大衣，解下围巾，坐在接待室里喝了几口矿泉水，肺腑充分平静后才瞥来一眼，说我们要回去了。

"你谁啊？"

"美国的医疗条件好些，詹妮弗的脊髓需要去复查一下。"

"你谁啊？"

"我是骗子，是美帝国主义，不是吗？"楼哥冷笑一声，把一个文件袋重重甩在桌上。大概是甩重了些，袋里的东西滑出来，有几张美钞和一纸文件，好一阵才可看清是一份撤诉书的副本。

"少来这一套，老子卖肝卖肾卖卵子也赔你。"

"小武同学，我不是来同你吵架的。世界没你想的那么简单，也没你想的那么阴暗。你好歹也有个大学肄业，有点文化好不好？睁开眼睛，看一下这个世界，好不好？紫罗兰和玫瑰花颜色不同，但可能同样芬芳。记住，这可是马克思说的。"

"我们不一样。"

"是不一样。那也没关系。"

"就是不一样。"

"当然……好吧……"楼哥憋红了脖子，手上的水瓶有些颤抖，"告诉你一个秘密。我有一个在美国的远方亲戚，入籍都二十多年了，但她现在一开口还是经常说'他们美国人'如何如何……"

"那又怎样?"

"也许没必要分出我们他们吧。说实话,我也入籍了,但我不还是我吗?我还是不止一次为我们……"

"说。"

"……不说了。"

"有屁就放!"

"没意思,没意思,我不想说了。"

楼哥眼睛红了,看一看铁窗,踱了两个来回,好像说不下去,再怎么说也没用,于是拉开门,扭头走入长方形的一片阳光。

他刚才想同毛小武这个二百五说什么呢?

他是不是想说那一次在国外开车送货,他灰头土脸路过一条楼道,遇一个华人女歌手在那里试音,大概是准备给某个聚会献唱?他是不是想说,当"哥哥你走西口"升起,歌手的高音突然直刺云霄,竟让他全身一紧,莫名其妙地泪水夺眶而出,掩也掩不了,止也止不住,一块过期免费的三明治根本咽不下去?

谁能告诉他,他那时怎么啦?他早已变更国籍,也不大懂音乐,并不知道歌手唱的哥哥走西口是什么。但那一刻他怎么就丢了魂,泪腺被一道音符轻易击破?

直到走出拘留所,他也没说什么,而且不再回头,似乎很多事已成为隐私。他不会再有刚才的失态,不愿在任何人面前可笑地多愁善感。

第十三章　古代雅语

不要说外语系和艺术系，就是与其他系比，中文系也显得多几分土气。大概是乡村学校大多缺少实验室、标本室、录音机、室内运动场之类，那么学中文最方便，有几本书，有笔墨，就够了。于是考中文系的穷学生多，乡村生源比例大。他们的宿舍里多见大棉被，叠起来再怎么压，还是肥大张扩，太占视野。还有古老的木挑箱，带铜锁和套绳的那种，有点地主老财的味道。每到寒暑假结束，这里的农副产品也是特色，花生、瓜子、红枣、板栗、红薯片、糍粑……很多寝室都像乡镇展销集市，一派农家丰收景象，一张张门多有欢声笑语的进进出出。

大概出于同样的原因，这里说话也多是口音重，五花八门的各地方言，让大一的语音课成了鬼门关。光是一个普通话训练，光是一句"老李买了两把好雨伞"的变声例句，就成了好多人的口腔酷刑，折磨得舌头抽筋，涎水横流，目光发直，恨不得左右手脚全上，把嘴里那个可恶的声值曲线，齐心合力扳上去又扭下来。

这样，每到课余，校园僻静处都少不了中文系的奇声怪调——据说方言多是古语，甚至多是古代雅语，那么奇声怪调也就成了一幅古代儒林苦读图。

老李买了两把好雨伞……
八百标兵奔北坡，炮兵并排北边跑……

伟大的祖国啊，我的母亲……

如此等等。

教学楼的上方，绿林深处有一个忠烈祠，埋藏了抗日战争时期的数百官兵，留下了蓬勃荆藤和阴湿青苔。有些中文生早晚来此练声，憋出国际音标里各种奇怪音位，普通话里也未见的别扭，口舌处从未有过的探索，吓得鸟雀惊飞四散。附近农民还以为山上闹鬼。即便他们后来知道不是鬼，还是余悸未消。"原来是国际音啊……"有人以为国际人就是这样说话的。

他们怎么就不好好地说人话？

这些苦读者里，史纤算是读得最卖力的一个。他来得最远，据说在路上花了四天，换船换车好几次，才把一口遥远的家乡话带来校园。语音课上，他被老师点名，诵读《伟大的祖国》。大概是有些紧张，紧张到四大皆空的地步，他没听到老师打断叫停和请他坐下，更没听到同学们憋不住的笑声，一直两眼直勾勾望天，锲而不舍往下背，憋完最后一个字才有目光落下，很有信心地享受余音缭绕。

"有进步，史纤同学很有进步。你们都应该鼓励他。"

但此后老师再也不敢让他背，怕他耽误时间，怕他扰乱教学气氛，对他的高高举手总是视而不见。

他偏偏喜欢背诵，喜欢诗。他改掉原名史供销，换成"史云"，换上"史纤"，就是觉得后者更富有诗意。他一张黑方脸，目光锐利逼人，积有几块隐约的汗斑，头发硬戳戳的呈爆炸状，长出了满头的坚硬和倔强，但诗确实写得不错，在报刊上发表过若干豆腐块，有"田园诗人""短裤诗人""酸菜诗人"的声誉。只是一些校外诗友慕名而来，不太懂他的话，离开时不免有几分扫兴。

然而他总是兴冲冲，有一次送走客人后，在熄灯后宣布："我这位朋友是做大买卖的。你们以后要结婚，要盖房子，他可以提供最好的棺材。"

室友们在黑暗中吓了一跳。

"你们要多少，他就有多少。"

这不是要灭门绝户十室九空吗？

其实，"棺材"是误读的"钢材"。知道这一点后，大家才笑岔，一口气好容易接上喉头，把各自的床板挤压得吱呀吱呀。

有时候，他即便咬准了发音，却用语仍是别出一格。比如，人家说"不锈钢"，他说"没锈钢"；人家说"打火机"，他说"点火机"。这就不是方言问题了，也谈不上错。还有人家说的"不用"或"甭"，到他嘴里成了"毋庸"，据说就是他老家的话，倒是更显古风，一张嘴好像来自《清明上河图》。

这一天，他乡下的妹妹来了，是进城找工作，报考幼儿园的老师。他给妹妹打饭，打热水，说他们的老家话，还在床上两端布设枕头，看样子要让女子上床过夜。

他没吃错药吧？不是开玩笑吧？全寝室四个上下铺再次吱呀吱呀，一张张脸都从蚊帐里探出来。睡在他上面的楼开富已舌头僵硬："史纤，史纤同学，她今天睡这里？"

"是啊。"

"拜托，这是男生宿舍。"

"怕什么？她是我亲妹。"

"喂喂，"斜上方的陆一尘也慌慌戴上眼镜，把脑袋探下来，"那我们怎么办？"

"她同我睡，又不同你睡，关你什么事？睡吧睡吧，我关灯。"

"史哥你害人没商量啊？等一下保卫处抓非法同居，老子一世清名毁于一旦。"肖鹏开始穿衣，挟上枕头，看样子要出逃避难。

对面的毛小武则近乎央求："史哥，我脚臭，还放屁，还磨牙，你妹子她肯定受不了。"

史哥一脸困惑，看看上下左右各位："没关系，脚臭算什么？我们那里修水库，一个大庙住几百号民工，男男女女打一个大地铺，比这里要挤得多。谁不看见谁？打鼾放屁还少得了？放心，没问题，她不怕臭，在村里喂猪喂牛，天天闻惯了……"

他妹从盥洗室回来，已脱掉外衣钻入蚊帐，吓得大家如坐针毡。最后，是楼班长穿衣出门去找林欣，好说歹说，让林欣带他妹去了女生宿舍。

那一次史哥陪妹妹忙碌了五六天，普通话就好像丢掉了一大半。他妹走后，他抱怨妹子辜负了大家的帮助，考试时"雨燕摸古怪（语言没过关）"——这一句谁也听不懂，差不多是秦朝的波斯语、汉朝的阿拉伯语。他事后比画出白费盘缠的大意，大家才啊了一声。

不过令人不解的是，他对妹子一脸不屑，好像自己去的话肯定能"古怪"，其信心不知从何而来。

一句"雨燕摸古怪"，后来一再被陆一尘模仿，很让史同学生气。那卷毛鬼还一再拿留宿事添油加醋，一口一个"乡里鳖"，好像乡里鳖脑子里都缺零件，公的母的都是从山上捉下来的猴。这是什么鬼？他自己心不正往邪想，一想就想到裤裆里，龌龊下流有辱斯文无出其右。至于说到租房，那不也是想显摆一下他城里人的几个臭钱吗？呔，乡下人是穷，是租不起房，但如果没有几亿乡下的野猴子，你们城里人吃什么、穿什么？把钞票炒着吃、连着穿、攒在箱子里生崽崽？你们的普通话讲得再好听，不还得饿死和冻死？

123

还有你们那几个班上的前知青，肖鹏，林欣，赵小娟……也就是在乡下混个三年五载，就多大冤多大仇似的，在《朝晖》上一把鼻涕一把泪，把乡下写成了地狱。想一想，他史纤是从地狱里冒出来的绿毛鬼？几亿绿毛鬼在乡下过了一辈子，算上先人的话，就是过了几十辈子，不也活下来了，同你们说过什么吗？

就凭这一条，史哥也决不给《朝晖》写稿，让三〇六的周主编一次次失望。

相反，他是一个诗人，闻名四乡八里的大秀才，既懂新诗又通旧体，既能写祭文又能开偏方，还当过一年多生产队长，他就是要写乡下的好，乡下的乐，乡下的干净和自在，乡下的春种秋收和天高地广。他因此变得更加不愿说话，更愿一个人去忠烈祠独来独往。

在他的笔下，家乡的空气是甜的，泥土是香的，树叶和藤蔓是会笑的。田埂上一条狗给他叼来了一只野兔。老牛在河洲大叫它刚发现的一只乌龟。还有那次他和妹在山上迷路了，天亮时分醒来，发现自己睡觉的地方有一支野人参，挖出来一看，足有两斤多，村里人都说那是山神娘娘的贵子十月怀胎成了形……他在人群中钻进钻出，不知道有多得意。

"你笑什么？"楼哥看了他一眼，"你没事吧？"

他懒得搭理，蜷缩在床上，继续在小本子上写。

写啊写。

放暑假，室友大多回家，只有他决意省盘缠，留在城里打零工，仍住三〇七。有一天，陆哥带来一妹子，求他让一让房间，至少让两个钟头。

"这可是你说的，"他逮住机会了，"这里只能睡公的，母的不行。"

"求你了，好不好？"对方偷偷塞来两块钱。

史哥最恨别人动不动给钱,扬手把钞票打飞:"干什么?你票子大些?把我当叫花子是不?"

"不是,不是,合理补偿嘛。"

"你有钱怎么不去开房?有电梯的那种,上上下下多好玩。"

"开房,不是要结婚证吗?"

"你原来是耍流氓啊。小子,这在我们乡下是要站台子的,要抽嘴巴的。女方一家来闹,闹得你陆家的家神往狗洞里钻。"

"别说得那么难听。现在时代不同了,这人和人的情感,有时候总有点……那个……对不对?史哥你最高风亮节,最有菩萨心,最急人危难。"

戴了几个高帽子,史哥这才舒缓了一点:"好吧,你们睡你们的,反正房子够大,我不管,也不看。"

"那不行,那怎么行?那不成了第三者意念插足……"陆哥的五官扭成一堆,相互痛苦地揪扯,差一点要下跪。

"那好吧,你求求我。"

"当然求你。"

"喊一声爹。"

"爹,亲爹,亲祖爹!"

"做这号亏心事,我就算做爹也要折寿,没什么意思。"

陆哥抓住对方的手握了又握,一把拥抱对方。史哥吓得挣脱出来,退了两步,拂了拂胸襟,抄一把蒲扇赶紧走人,好像他最终不是被说服了,是被对方香喷喷的拥抱吓跑了。

此时各寝室基本上都关门上锁,偶有一两间亮了灯,却没史哥认识的人。他去运动场的石凳上睡了一会,被蚊子咬得扛不住,又去图书馆的石阶上睡了一阵,还是蚊子多。看斗转星移,估计该差不多了,便回三〇七敲门。门内叮咚咣当一阵忙乱,有手电光一晃,陆哥乱蓬蓬的卷发露出门缝:"你怎么就回来了?"

史哥疑惑:"还没完?"

陆哥气得咬牙:"人家这么晚了,还回得去吗?"说完从门缝里塞来一片单车钥匙。

这算是追加贿赂。史哥只好去取了车,在路灯下打发后半夜。他的车技在这一夜有所提升,虽摔了十几回,摔坏了车铃和链壳,剐蹭得手背上流血,却终于学会了左转弯,以后不用动不动就抱电线杆了。

早晨,史哥还了车,目送一对狗男女下楼。不过,回到自己寝室时,他总觉得房子里到处都不对劲,是不是心理作用,不好说。他去打水,嗅一嗅自己的脸盆,更是怒不可遏。作孽啊,陆一尘,你这个贼养的家伙,拿我脸盆做什么了?你们一对骚货哪里不能打滚,滚到堂堂学府里来算哪门子事?

当然,自有了这一回,陆哥对他客气了许多。有一次,肖鹏被蜈蚣咬了,一只脚又红又肿,打针未能见效。史哥把两只手合成鸡头状,对准伤口先是一啄,然后一抽,再来一甩,如是三番,同时嘴里学鸡叫,接上子丑寅卯辰巳午未申酉戌亥,让肖哥哭笑不得,却得到陆哥的理解和大力辩护。有什么好笑?蜈蚣最怕鸡。史哥学鸡叫,模拟鸡头,就是化心理能量为物理能量,再加上十二地支的地质能量……多有道理啊!

陆一尘诱导肖鹏:"喂,是不是好多了?还不赶快谢人家?"

"鬼,还是痛。"

陆哥不屈不挠:"痛就是痛,不痛就是不痛。你给我说实话。"

"我刚才说了嘛……"

"刚才是刚才,现在是现在。痛没关系,大不了就去上麻药,割一刀,再不行就为国捐躯英勇就义。问题是你得对自己的话负责。你一不是小孩,二不是女人,七尺男儿得有个男儿样,说一是一说二是二……"

对方更蒙了，不知该如何说。肖鹏后来说，好像再说痛就是冒天下之大不韪，只好改口算了。

"看看，看看！史半仙意念拔毒，妙手回春，还真不是吹的！"陆哥这才心满意足，一拍大腿，去其他寝室广为告知。

这当然让史哥高兴，接下来的几天，他不再形单影只出门，而是摇一把蒲扇到处串门，这里坐一坐，那里笑一笑，看是否还有人在讨论蜈蚣，是否还有人需要救治。

大概是受此鼓舞，他不久后又为女生解了一难。

女一舍东头靠山坡，据说每到半夜就有脚步、咳嗽、哭泣、吹口哨的声音，吓得靠东几间房的大多睡不着，被子蒙头也不行，严重影响了学习。这其中就有林欣、赵小娟、徐晶晶等。继学校保卫处三番五次的夜巡，史哥也去那里看过，并未发现异常。就是说，既没发现老鼠洞和狐狸洞，也没发现可疑的大脚印。要说闹鬼吧，这栋楼建了好多年，怎么早不闹，晚不闹，偏偏这时候闹？大家最后的结论，是女生们纯属扯淡，自己吓自己。

史哥穿一条大裤衩，负手出门而去，对姐妹们的睡眠不能不管，特别是林欣帮过他妹，买过毛巾和水杯，还辅导过他的普通话，这份人情不能不报。他在那里吐了几口痰，回头对林欣说，莫怕，莫怕，看我的。这种事，我当队长时见得多了。

不一会，他不知是从校园林队还是附近农家，挑来了满满一担大粪，挑到东头那个角落，操起粪瓢好一阵狂泼，浓浓的粪臭立刻弥漫四方，把篮球场上的学生都熏得一哄而散，一个个捂鼻狂逃。

楼哥忙赶过去："你疯了吗，史纤同学，你这是干什么？"

对方已挑来了第二担，兴冲冲地卷衣袖："人还能被尿憋死？我今天倒要看它鬼在哪里，看它还敢不敢来！"

"胡闹，你快给我住手！"

"你站开点，莫污了你的鞋。"

"还泼，还泼，你你就不怕引起公愤？"

喊是这样喊，班长还是被一瓢粪泼得后退好几步，事后把鞋子洗了又洗，一块肥皂顿时小了两圈。

不用说，这一事令校方震动。楼班长奉令迅速召开班会，严厉批判史同学荒唐至极的封建迷信，追究他对环境的严重污染。"……你说怕鬼是迷信，那好，你靠泼粪来驱鬼，就不是迷信？是不是更大的迷信？这不是一百步笑五十步吗？恐怕是五百步笑五十步吧？……"班长带领大家重温了上级关于提倡科学的指示，还有全国青年代表大会反对愚昧提倡科学的倡议，从陈景润讲到李四光，车载斗量的道理，讲得既明白又深透，口气中透出痛惜，"史纤同学，你呀你，你不是活在旧社会，也不是在乡下当队长，不是活在你那个十八丈坪。你是谁？你是一个大学生啊，一个新时代的大学生啊，怎么能开这种国际玩笑？你看你，不请示，不汇报，毫无组织纪律，把校园里搞得乌七八糟，成了一大笑话。你不光丢了你个人的脸，更重要的是丢了整个中文系的脸啊。"

另一学生干部姓侯，班党支部书记，也很着急，说先是意念疗伤，已够邪的了；好，现在还来了个大粪驱鬼，人家数学系的、物理系的、化学系的、生物系的会怎么说？还以为我们只会跳大神，一个中文系读来读去，读回到原始社会和石器时代了。真不像话！

史同学横了他们一眼。

"这事太严重了，我们党支部和班委会反复研究，已一致决定，你必须就此事写出公开检讨。"楼哥频频敲击桌面。

史同学扭头看窗外，坚持不回头。

"你哑巴了？睡着了？怎么不说话？"

"说话？惯死你们。"

"你不说，那就是理屈词穷，就是装傻充愣。你不要以为这里是渣滓洞白公馆，把你的牛脾气用错了地方。"

史哥忍不住一转身，手指对面的林欣："你为何不问问她们？林欣，你站起来，你说，当着大家说，昨天晚上还有鬼没鬼？"

林欣吓了一跳，怯怯地看看大家，只好如实相告，说昨天晚上动静倒是没动静了，只是有点臭……

史哥不知众人在笑什么："笑什么？有什么好笑？事实胜于雄辩，群众的眼睛是雪亮的。你们那么多人，保卫处的、后勤处的、党委办的，吃饭都能围上好几桌了，科学来科学去的，解决了吗？"

楼哥一时语塞。

"把以前的老住户也都请来了，问来问去，解决了吗？"

楼哥看看侯书记，对方也挠头，一时不知如何发动反击。

"告诉你们，上香、洒鸡血、泼冷饭、做道场，那才叫迷信，那才是唯心主义世界观。我们是谁？是人！人活一口气，肝胆两乾坤。是人就不能怕鬼，就不能迷信。鬼来了怎么办？操起板凳劈它，找根绳子捆它，几担大粪臭死它。同学们，一切妖魔鬼怪都是这样打倒的，人类文明就是这样发扬光大的。这才是科学！"

前几句还让人听得顺耳，听得来劲和励志，但他最后落在"科学"，差点把楼哥气晕，也再次引来满堂大笑。几个好事者拼命鼓掌。陆哥更是笑得半口水喷了出来，连连拍打膝盖："说得对，就是要敢于同鬼做斗争，我们坚决拥护史哥的科学研究！"

不知谁也跟着起哄："班长，实践是检验真理的唯一标准，这话没错吧？"

"不管黑猫白猫,抓得住老鼠就是好猫啊。"这些话一听也都是故意抬杠。

会议只得在一片吵闹声中草草收场。

不过,受史哥连累,全组十几位男女承担善后之责,去清扫他的科学实验现场,提的提水,刮的刮地皮,撒的撒石灰,尽可能消除余臭和驱杀粪蝇,以平息女生的不满,也尽快平息理科生们的嘲笑。史哥撒得袖口和裤腿全是石灰,一个大花脸上满是悲愤,说哪里臭呢,哪有你们穿尼龙袜子的脚臭?哪有你们城里人的汽油臭?他冲着林欣说:"你自己脱了鞋子闻闻,看哪里臭?"

林欣气得泼去半桶水:"脱你个头!"

记得不久前,有个女生赶体育课太匆忙,没来得及换鞋,一个踢腿动作,把一只浅口皮鞋踢飞了,一个抛物线画出,刚好砸中史同学的脑袋。依小说家们的通常做法,这个细节当然也可移植到林欣身上,挪用在此时此地。

于是,在这篇肖鹏所写的小说里,史同学拾起那只女式鞋,戳到同学们的鼻子前,说你们自己闻,你们自己闻。

气得林欣连那只鞋也不要了,走路一高一低,扬长而去。

第十四章　情怀案

在小说的下一程，史纤也被肖鹏改写过好几次。

有一个他古汉语科目考出了全系最高分的故事，有正面励志意义。有一个他与食堂女厨师交往的故事，稍加渲染也能成为荤料和卖点。还有一大堆他老家的故事，富有乡土风味和神秘感，虽有些读者不一定喜欢，但年长读者可能就好这一口，某些西方人士也可从中猎奇，一见异国情调便眉飞色舞。肖鹏在文科院校混过这么多年，对此套路还是略有所知的。

把史纤最终写成下面这样，并非出于肖鹏的权衡，而是有几分不得已。他写着写着，发现小说其实常有自己的惯性，比如，人物关系一摆，情节就只能这样走；口气一定位，故事就只能这样讲。一般来说，前面出了个命案，后面就非破案不可；前面冒出个美女，后面若无三角、无情变、无要死要活，好像就有点过不去。这就好比上了跑道，就没法去游泳了。前面有了车马炮，后面就接不上黑白子。

也就是说，到底是人写小说，还是小说写人，这事并不是很清楚。各种因果关系也交错复杂。肖鹏曾与几个文友讨论过这事，却一直没什么结果。那些人都觉得他迂，钻牛角尖，冒书生气，更怀疑他戒酒戒出了性格变态。

他们好像更喜欢聊版税，聊评奖，聊文坛八卦，聊足球和古董，好像聊文学本身反而稀奇。事后还有人给肖鹏打电话，说他如果愿出三十万运作费，那么拿个××新人文学奖大概不会有问题。

如果他嫌贵，二十万也行，甚至十万也行，虽拿不到奖，但受托方可上软件、上机器，给他涨粉、点赞、打分，先把两百条锣鼓帖轰上去再说。

肖鹏说，我有三十万蒙古币，够不够？

对方赶紧挂了电话。

其实，肖鹏不是缺钱，也不是不想爆红，只是完全被自己的小说套住了，准确地说，是被前面已有的部分拿定了。他的自由早已不多。换句话说，他在棋盘上既然已摆下了陆一尘、马湘南、毛小武、楼开富这些黑白子，史纤就不能成为车马炮，更不能是跳子棋或五子棋，即便想走鸡汤路线或狗血路线也来不及。

这样，肖鹏就只能让史哥继续走下去，走入这一天空荡荡的教室。那些天因故停课，教室就是这样清冷空虚。一些本来就厌学的，对考试苦大仇深的，都乐得不来上课了，尽享樊鸟出笼的自由。另有一些分数党、苦读派、分数积攒家、连老师咳嗽都不放过的速记员，虽不赞成停课，但也不一定进得了教室，常被愤青们阻在教学楼下。

地上一条粉笔线，封住了大楼入口。还有粉笔字："跨过此线者皆为学贼。"楼开富跨过线时就挨过骂，遭遇过揪扯和推搡，进教室后还发现自己少了一颗衣扣。"岂有此理，简直是一群土匪，法西斯！"

他气得脸上红一块白一块，说凭什么不让进？这教室是他们爹妈买的吗？老子偏要来，怎么啦？咬我的卵？要自由就大家都自由，凭什么上课的自由就不是自由？

他后来还用粉笔头在"跨过此线者"前面加一"不"字，但那一更改没保留多久，午饭后又被什么人擦去了。为此他与对手们反复过招，一会儿你涂我又擦，一会儿我擦你又涂，来来回回闹了好几轮。

他与楼开富突破粉笔封锁线，照例来抢占座位，照例课前预习，对作业答案，估计期末考试范围。但第一节课的下课铃响了，他们发现教室里还只有五六个人，也没等到老师，不知老师是被阻挡在粉笔线外，还是没打算来。还好，第二节课的外国文学老师来了，不过也许是教室里稀稀拉拉，非常影响授课情绪。老师在台上无精打采照读一沓讲稿。"十月革命一声炮……"他指头蘸一下口水，翻过一页纸，"翻过来响……"

史哥差一点以为俄国的大炮在摔跤，后来才发现"翻过来"不过是老师自我描述翻页动作，与课本内容无关。接下去，"高尔基的世界……翻过来观……"也是类似情况，一个"观"字远远落在蘸口水的动作之后。

史纤忍不住打断，老师，"翻过来"你就不要说了嘛。

"我说了吗？"

"你都翻过几次了，害得我这里……"

老师自己并无感觉，也不觉得对学生的笔记错乱负有责任。

从这样的课堂出来，史纤对外国文学不无失望，对虚度光阴荒废学业更是恼火。在他看来，学子们千里迢迢盘钱费米来读书，却成天在课堂外疯，一个个自以为英雄，其实都是一些城里崽吃饱了撑的。作孽啊，坐公交车要钱，在街上喝水要钱，甚至上公共厕所也要屎尿钱，一天天闹腾下来，都是你们爹妈的血汗钱，花在哪里不好？他尤其不理解眼下有些同学为何那样多事，一闹成了三，三闹成了九，越闹事越多，甲乙丙丁加减乘除，一个刺树蓬子让人晕头转向钻不出来。

他不是没见识过舞会，有什么稀奇？无非是一男一女，半搂半抱，扭扭捏捏，好像要怎么样，其实又不能怎么样。既如此，这种二流子舞在他看来禁了也好，禁了省心，校方并没什么错。他也不认为食堂的伙食差到哪里去了，不觉得肥猪肉有什么不好，要被赵小娟、林欣这些城里妹恨成那样。乡亲们买肉还专挑肥的要呢。肥的好吃，肥的扛饿，肥的润肠子，放在旧社会只有地主老财才吃得上。让他们吃上两个月苞谷渣看看，他们还会不会丢肉片？他父亲当年嚼红薯藤，就瞪大眼睛憧憬过未来，说以后只要有饱饭吃，那就是天天当皇帝，哪个还要菜，不是人禽的。

现在的兔崽子们不但要吃菜，还不把白花花的肥猪肉当菜了。

他走过理化楼，见一些学生争议如何选代表，便恶狠狠挤入人群，大喊一句："孙悟空当代表最有资格！"

人们莫名其妙。

他走向另一圈人，见一陌生女子在那里演讲，便接过话头呼应："说得好，说得对，女权主义就是好，白骨精必须平反，狐狸精必须昭雪，哪个再敢说世上最毒妇人心，就是人民公敌，拉出去毙了！"

人们也听得大皱眉头，把他当成一个怪物。

这大裤衩哪来的？如此狂言妄语，一点都不严肃，不是纯属捣乱吗？待人们回过神来，七嘴八舌找他理论，他却根本不听，只管自话自说，有时瞎扯一通李白和苏东坡，然后得意洋洋宣告："完了！"

意思是他说完了，舞台可以落幕了，散场音乐可以响起。

不难想象，那几天他成了校园里一个怒发冲冠的搅屎棍。有一张洋面孔，不知是外教还是记者，大概对中国话反正都听不太懂，倒是缠住他问这问那，还给他拍照，容许他抹一抹头发，扣好衣扣，挺胸缩腹，以最高的大楼为背景（他要求的）——自有了这一背景，他后来捣乱似乎更为来劲。

他参加过某系一次辩论会,在那里参与同门内战,与林欣一众杠上了。一番唇枪舌剑之后,他不但未能打败对方的什么"自我实现"和"文明度量衡",还有云遮雾罩的什么"主体性",反而被小女子嬉笑怒骂,被揪住了几个字的发音失准,闹了个大红脸。他不承认失败,不过事后骂天骂地,摔东打西,逮谁都没好脸色,找出一个搪瓷盆和一本词典,是林欣以前给他的,一股脑送去女生宿舍,拜托林欣的一位室友物归原主——这当然有愤怒割席之意。

君子决不受嗟来之食。林欣也不含糊,第二天托赵小娟捎来钱,数目精确到了分,据说她以前吃过史哥带来的糍粑和红薯片,按眼下市价算,连本带利就这个数。

"林姐说了,"赵小娟笑嘻嘻传达,"钱还给你,再对你呸三声。我觉得呢,同学一回也不容易,呸就给你免了。"

"谁是她同学?去去去,远点去,老子高攀不起。"

"人家的水平确实比你高,你得承认。"

"我惹不起,躲还不行吗?"

史哥一气之下,把这笔钱立刻花光,破天荒买来啤酒饼干,请三〇七全体一同消受,还喷着饼干渣子说:"谁愚昧?谁二百五?她还算是下过乡的,连《诗经》里'苤苜'都不懂,乡下娃娃都不如,岂不好笑?"

旁人说这不算什么。以前是农业社会嘛,识草木虫鱼当然更多,现在不是追求城市化和工业化吗?

他又找到一条理由:"她多自由啊,多潇洒啊,上个学期失踪十几天,以为人家不知道。"

"哎,"这事立刻引起了肖鹏的注意,"你小子盯得够紧嘛!"

"我盯她干什么?"

"她跟着一个老男人私奔了,你没查出来?"

史哥装耳聋，没听见众人笑，只管继续声讨下去："没错，这世上就她热血，就她铁骨铮铮赤胆忠心。碉堡都是她炸的，地雷都是她蹚的，老虎凳只有她扛过。好不好？我只是不明白啊，这样的大英雄，怎么怕老鼠？怎么怕虱子？要是人家宪兵队捉几个虱子来，逼她交出密电码，她不会吓出鬼叫？"

这事扯得更远，是指一条野狗曾被林欣收养，后来进入夏季，见狗狗生虱子，她吓得求毛哥快快领走，最后送去宫师傅家。

肖鹏听不下去了："兄弟，你有完没完？还让我们吃不吃？你吃不上天鹅肉，癞蛤蟆嚎春啊？"

"笑话，老子情愿去当和尚。"

"你那直勾勾色眯眯的眼光，谁没见过？你当和尚也是个花和尚，一点好吃的都拿到那边去了，打窝子，挂钩子，下套子，谁不知道？"

"你这家伙说话不凭良心。"

"反正我只吃过你五粒花生。"

"你敢说没吃糍粑？"

"糍粑一点味都没有，一团馊饭。"

"你小子要遭雷打。"

"你怎么也得再补偿一下。去，赶紧地，给我打盆洗脚水来。"

史哥啐了一口，一脚踢出水盆的咣当巨响，扬长而去。

"不得了，不得了，他肯定要写《离骚》了，要到阴沟里怀沙自沉了。"肖哥说得室友们在他身后再次笑岔。

与一伙东北生摩擦一事，就是这以后不久发生的。有人说，大概是史哥不忍羞辱，要与林欣比情怀，比正义，没料到出手便被人家修理，鼻子还冒血泡，于是更为悲愤。几天来他独自一人游走校园，常背诵豪放派诗词，背出了拔剑四顾和栏杆拍遍的姿态，背出了辛弃疾、陆游、苏东坡的豪放，似乎随时准备恶拼一切世间宵小。

东北生没再露面，但东北还常成为三〇七卧谈会的话题之一。毛哥说历史上的东北军就是不经打，后来好多当了伪军。肖哥则说旗袍是从东北来的，齐老师穿旗袍最丑，肚腩全面暴露，还不如穿大裙。曹同学又说老满洲是国家重工业基地，切不可小视，只可惜以前就是座山雕、许大马棒一类杆子响马多……总之，文科生的讨论经常就这样，鸡零狗碎，东拉西扯，逻辑无所谓，情绪是大王，不想做裁缝的厨子不是好司机。他们还恭维楼班长那次用巧力平乱维稳，功不可没；又捎带史纤寻开心，说贝勒贝子们固然可恶，你田园诗人也不该添乱啊。你爱惜粮食没错，但不该把"嘴巴"说成"鸡巴"——中文系的国普不该这样烂，在东北崽面前跌份。

史哥在黑暗中大叫，"哎，哎，你们欺侮人是吧？凭什么又找我的癞子？"

他受伤又受气，活得更加悲壮了。这一天，他从外面带回一张陌生脸，据说是进城的农民，怀揣村里乡亲们的告状信，找政府没人管，还被当盲流关了半个月，实在走投无路了。不知史哥是如何认识他的，如何看上他的，如何同他聊上的。反正聊来聊去的结果，是两人聊出了天下苦命人是一家的感觉，聊出了史哥一个可遇难求的新知己，一个临时的心灵暖房。照史哥的脾气，这事没法不管。他立刻把陌生人带回宿舍，打饭，打水，出借衣物，把对方安顿在三〇九，马湘南那个很少用的空床位。

陌生人捧一盆饭菜，激动得眼眶红了，厚厚的两片嘴唇直哆嗦。他说他爹被乡政府整死了，他娘也喝了农药，眼下生死不明。他们那个村像这样冤死的就好几个，大家实在没活路了，没盼头了,就指望大学生们伸张正义,指望国家全面改革开放。否则那些仗势欺人的狗官,想抢就抢,想打就打,想奸就奸,整死个人就如同踩死蚂蚁……

他每想到这里就说胸口痛,不断搓揉那里,哪还能吃得下饭?

学生们大为震惊。毛小武顿时眼光发直,说你们是猪啊,挨刀的老猪婆也要叫几声,你们缺胳膊,还是缺腿?

楼开富把来人看了两眼,悄悄拉史哥到楼道口,说你这个孟老师,说的那些到底是真是假?怎么听着听着让人不踏实呢?

"什么意思?"

"我们毕竟是社会主义国家,有党纪国法,有人民当家做主,虽说有贪官污吏,但总是极个别的吧?"

肖鹏路过楼道时也来挤了一眼皮:"小心卧底。"

史哥的脸上挂不住:"你们以为我是傻子?被他骗了?"

"不是说你,是说他……我身为班长不得不提醒你,最近社会上颇有点乱,你对这个人得多加注意。"

"你看人家那样子,都饿得眼睛没油了,邋遢得像只老鼠。明明是遭了大难,怎么可能有假?"

"你不知道,现在好复杂呢,什么人都有。前天那两个香港的,说是游客。你能确定他们真是?他们一待好几天,食堂和教室有什么好游的?"

史哥冷笑一声:"班长,陆一尘带来过那么多客,痞里痞气的,花里胡哨的,也没见你说过什么。我就带来这一个,你说三道四,左右不顺眼。你是嫌他乡下人吧?放心,他吃我的,穿我的,同你们没关系,一切概由我负责。"

史纤说完,便打水洗衣去了。

接下来的几天,虽千万人吾往矣,崇高情怀必须进行到底,史哥带着孟老师进进出出,有时去食堂,有时去商店,有时搭乘公交车进城办事。孟老师其实手脚勤快,不把自己当外人,常主动扫地,擦桌椅,挑开水,几天下来与大家融洽了许多。趁他去浴室的机会,肖哥与毛哥还偷偷检查过他的布袋,没发现录音机或照相机,看来不像是什么卧底。倒是有一个乡村学校的工作证,大概能证明他的身份。

不但如此,据说史哥通过马湘南,找到了省里一位大领导,孟老师的上访告状可望成功,一个骇人听闻的地方窝案可望于近期大白于天下。怪不得,史哥这一段心情大好,有一种大张旗鼓轰轰烈烈的劲头,一种老母鸡憋蛋的高度自信,目光如炬傲视天下。走着瞧,你们都走着瞧,一个大金蛋——不,一轮灿烂红日即将喷薄而出,谁是伪客,谁是真士,都会在阳光下一见分晓的。

赵小娟见他总是去食堂打两份饭,曾问客人是谁。他自豪地大声说:"孟老师呗!"

"孟老师是谁啊?"

"他一个穷鬼,一个流浪汉,什么都不是的屁民!"

对方听不懂他的大义凛然和豪情万丈。

不料这一天下午,他从图书馆回到三〇七,还在门外就听到肖鹏大呼小叫,推门一看,整个房间一片狼藉。肖哥的抽屉锁被撬了,据说一块怀表不翼而飞。毛小武的抽屉也被撬裂,里面的粮票和钱不见踪影。他们都把目光狠狠地投向史纤。

史同学立刻意识到什么,疯了一般冲向三〇九,发现那里也有失主们的清点和叫苦,也有投向他的恨恨目光。马湘南那空床位则再次空空的,不见了孟老师,不见了眼熟的帆布袋和小草帽,不见了那一条腰长胯高腿短的侧睡背影。那一刻,他张口结舌,脸色白里透青,手里的书本掉落地上,忽然冲出门去爆出一声凄惨的大叫：

"王八蛋——"

他要到哪里去？

室友后来找到他时，他额上已汗珠如豆，汗湿了衬衣，膝上有泥痕，据说已撞翻好几个人，已围绕食堂咚咚咚转了好几圈，看来是完全晕了头，根本不知自己为何在这里跑，在这里跑又有何用。毛小武跑来，通报的新情况更可怕：马哥近五万的受捐款，藏在一单身青年教师房间里的，也在这同一天失窃！

史同学当然记得，姓孟的家伙随他去过那里，去那里找过马哥。可怜的他，想到这里时两眼一黑，终于软软地栽倒下去。

第十五章 "解放军叔叔"

一桩大案引起了校园里的恐慌。以前晚上睡觉不关门的,眼下都统统关门,有的还加上树棍顶门,加桌子堵门。毛小武纠集一伙弟兄加强了路口盘查,见谁都不大放心了。校保卫处的干部更是神色严峻,来现场登记损失,排查疑点,询问有关人员,特别是史纤——他当然被列入重点调查对象,脱不了干系。

那姓孟的是他什么人?如何混进学校来的?在这里住了多久?去过了哪些地方?他们两人是否有里应外合的可能?特别是有人说,前不久见史哥在邮电所寄钱,他一个贫困户,吃甲等助学金的,居然还有钱寄出去?……

马湘南气急败坏一脚踹开三〇七房门,把摩托头盔重重砸在桌上,一把揪住史纤的胸口,像要把对方一口吞下去:"臭鳖,你小子耍我?你吃人肉不吐渣啊?这些天累得我像个猴,驮着你们东奔西窜,汽油都多烧了好几箱。搞了半天你们是来踩点,是摸地形,是迂回包抄围点打援?"

"对不起……"史哥已有满嘴白花花的火泡,"我我我也没想到……"

"六万多的钢镚小票,上百斤,比一箱炮弹还重,一个人根本扛不动!"马哥气呼呼地指导保卫处干部,要求对方注意这一细节。

他把钱数夸大了些,不过考虑到当时钞票都是小面额,他也确实没说错。偷这么多钱是体力活,作案的起码应是两人以上。

"你怀疑我?"史哥脸红了。

"不怀疑你,那就要怀疑我妈!"

"我没偷,不信你们就搜,把我当'四类分子'好了,搜他个天翻地覆好了。拿一把刀来,把我肠子肚子都破开来看看……"史哥掀开自己的挑箱盖,把几件衣物掀得漫天飞舞散落一地。箱里确实没什么东西,最后只剩下两扎帆布手套,还有扳手、螺丝刀、小电钻一类,是他打零工用的。

毛小武帮他把散乱杂物一一捡回挑箱:"搜有什么用?你先说说,那个姓孟的家在哪里,还同什么人联络过?"

"我哪知道!"

"你同他混了这么多天,好得穿一条裤子,你你你死卵啊?"

史纤瘪瘪的嘴皮挪了一下,好一阵才让人听出,有声音,是呜咽。事情看来很明显,同学们都翻脸不认人了,保卫处干部的目光也铁冷,连毛小武也不再替他出头,那就一点希望都没有了。他想必是太受不了。

他一跺脚大喊:"我赌血咒……"随即把食指塞进嘴,嘎嘣一声,咬出骨裂声,吓得四周惊呼纷起,大家一齐扑上去,抓的抓手臂,抠的抠嘴巴,好容易把他一个涎水模糊而且角度异常的指头从嘴里抠出来。

人们把他往外拉扯时,他还在泪流满面大喊,我没偷,就是没偷,打死我也没偷……曹立凡大概没见过这种惨烈,当下已欲哭无泪,抹了一下自己手上的血,捡了地上一只鞋追出门去,追上去却又帮不了什么忙,便在走道里跳脚大喊,"救命啦,救命啦,出人命啦……"

直喊得每个门里都突然静默,又爆发全面喧哗,很多脑袋都探出了房门。

第二天下午,一位食堂女厨师慌慌地来报告,医院里的史纤失踪了。她是去留医部送饭时发现的。

同学们再次慌作一团。当更新的消息随后一个个传来，说整个校园都没有他的踪迹，说他的物品似乎没少一件，似乎并无逃逸迹象。但警察已牵来警犬，去后山上搜索。班干部只能找到他的学生证，拿去照相馆翻拍，冲洗出十几张分发下去。全班几路人马连夜分工，分头去码头和车站，也奔向水井、河边、悬崖、铁路等险恶之处，看有没有人见过照片上的失踪者。

不用说，这个班后来的缺课率太高，很多人上课时眼丝红和打哈欠，被系方和校方一再批评，就是给这事搅的。

接下来，第一天没结果，第二天也这样……直到第四天下午，谢天谢地，靠一个小孩提供线索，靠一个环卫工指点方向，仨女生才得以拐进一条小巷，发现要命的史哥啊史哥坐在电线杆下。他脸色灰白，瘦了一圈，两眼眨巴眨巴，看来是实在走不动了，没气力寻找下一个旅店或饭店了，没气力追回那只想象中装满钢镚小票的大麻袋了。一团复杂的馊味中，他头发结成了若干油绳，脚上一只胶鞋露出大脚趾，受伤指头上的白纱布已成黑纱布。

他喝了同学递上的橘子汁，急急地分辩："我以前最怕体育课，下课就饿得眼发黑。但我情愿去垃圾桶找馒头，找过期奶粉，没向你们开过口……"

"我们知道，都知道……"

"我那双套鞋破了，脚泡在水里，泡脱了皮，泡出了冻疮。好想买一双新的，但没找你们借过钱……"

"你太见外了，有难处就开口啊……"

"我爹说过的，人活一张脸，饿死也不能做亏心事。我给妹妹寄那点学费，向十八代祖宗保证，千真万确是我自己挣的，是我的工钱，我的稿费。天地良心，每一分钱都干净。"

"你别说了，事情肯定是这样……"

"我只怨自己没用，怨自己是穷命，没怪过你们，没怪过学校和政府。"他呜呜呜抹了一把泪水鼻涕，"我有力气，有的是力气，有用不完的力气。真的，我周末扎钢筋，假期去挑砂浆，有时里面是汗水，外面是雪水，没关系啊。我只是在搅拌机边晕过，差一点栽下去了，再也看不见你们了……"

三个女同学也眼睛红了，纷纷说对不起，对不起，你别说了。她们从不知道这些，但也从未怀疑过他，死也不会相信他会有歪心眼。身正不怕影子斜，乌云遮不住太阳，事情都是可以好好说清的。史纤同学，你这就跟我们回去吧……

"不，我不回去，我是个贼。"

史哥，你别这样笑，求求你，你别吓我们了好不好？我们早就说过，既然一起进校，就要一起毕业，一个也不能少。你不会不守信用吧？

"不，你们不要相信我，你们也不会相信我，不可能相信我——"他两拳轮流猛击胸口，对自己狠狠惩罚，"我就是一个贼！老贼！"

他咧咧嘴，神经质地狂笑起来。

直到几个男生闻讯赶到，仨女生才止哭。直到毛小武武功上阵，扳开史哥紧抱电线杆的双手，不由分说把他架到肩上，才把他背出小巷，一路押回学校，径直送去浴室。他在那里足足洗了半个钟头，洗净了泥污和跳蚤，洗出了几分本来面目。他力气再大，也架不住小武的铁掌，被刷刷刷扒了衣裤，被一把揪到水龙头下，接受了劈头盖脸的水刑。

不过，案子一日没结果，事情没结论，他就一天不见消停，总是神叨叨，成天要去找人，要找回自己的清白，一不小心就往外跑。即便被找回来，也是个喋喋不休，逮谁都咕嘟咕嘟要从猴子变人说起，说得人们都忍不住打哈欠或绕道走。

直到后来他越来越神色恍惚，大家才终于觉得哪里不对劲。不是吗，他的钱和粮票明明在那里，在他衣袋里，但他偏说还有两个存折，一直藏在褥子下的，不知去了哪里。

到最后，他半夜发出尖叫，把室友们都吓醒，宣告妖怪来了，已操刀上楼，在走道里撬门……说得好些人手脚软。

史纤，史纤，你做噩梦了吧？

"他们真的来了，真的，全是白衣白裤、白帽子，手里都拿着家伙。"

你起来喝口水，你看看，我们不都在这里吗？有这么多人在这里呢，都陪着你，你不用怕，安心睡吧。室友们七劝八劝，让他喝水，给他擦汗和换衣，把枕头垫高或降低，把电灯打开或关闭，大家折腾好一阵才重新入睡。

没办法，系里只好拍电报，把他爹叫来，看管和照顾他一段。他爹有些驼背，是史诗人那张黑脸的老年版。他说各位毋庸惧怕，他儿子发的是青藤疯，一种春天里瓜豆牵藤时节常见的疯癫，不是什么大事。老人在四个墙角各贴一张黄纸神符，说那是恭请四方大神镇邪；在儿子床头钉了三颗大铁钉，说那是降妖三宝。当他找来白米和香烛，要去操场再找一个地方下手时，儿子看上去更癫了，竟与他打上一架，一砖块砸下去，砸得儿子的老年版腰痛了好几天。

父子俩用方言吵了些什么，骂了些什么，旁人也听不明白。

后来，连马湘南也看不下去了，觉得自己可能错怪了同学。他给史老爹买了祛瘀活血的膏药，又带史哥去了一趟歌舞厅，还去了一趟西餐馆，算是翻看过对方的衣箱后，一心想做点什么。

"那个老贼，非乱枪打死不可。他害张三，害李四，最不该害的是史大郎。"课间休息时他还说。

"大河马，说到底，你自己要负责任。"肖鹏夺了他半只油饼,"他瞎了眼,你也瞎了眼?你牛皮哄哄时是马大帅,关键时刻就是马大哈。你那么会骗,怎么被别人骗了?你应该骗死那个老贼啊。"

"哎,哎,我是受害者,最大损失一方好不好?"马湘南气呼呼地翻了个白眼。

"你一身膘,一看就油水大,到哪里都是犯罪的诱发因素。"

"你咋不说我是犯罪幕后指挥?"

"对,我们是应该找你索赔。怎么样?你电子表反正多,赔一块给我算了,老子急着要用。"

"你问我的拳头,看它答不答应。"

"看看,越有钱就越抠,这老财主还是天下乌鸦一般黑啊。"

大家斗了一阵嘴,顺便共享了一只从马湘南手里抢来的油饼,抢来抢去,越抢越小,直到消失。他们又说起精神病院的事,说史哥恐怕不去是不行了,但担心这一去就毁了他下半辈子,更担心大夫治不了他的心病,可能还是破案要紧。

"公安局就是粮食局。"毛小武最瞧不起警察,"什么时候了,屁都没一个。那些饭桶就该一脚一个,踢到乡下去挑泥巴。"

"毛哥,肯定是你姐处对象,被哪个小警察蹬了,你小子公报私仇。"肖哥一脸不屑,"你的纠察队呢,怎么也不管用?抓了一两根贼毛没有?"

"天地良心,你那条运动裤还是我们找回来的。"

"我这次丢了一块表,可是我家的传家宝。"

"我们是你的家丁?你管饭?"

"什么呀,我看你们就是打架有瘾,上不得正板。"

肖鹏已感到脚上有冲击,紧紧扭住对方的手,"嘿,嘿!君子动口不动手。你可别得罪我。告诉你,我以后可是要写书的,要写传世之作的。你就不怕我把你写成反面人物?"

"你千万要写,千万要下狠手。我这辈子反正好名是出不成了,坏名就指望你了。你不让老子遗臭万年,老子做鬼也来找你。"

……

他们杠来杠去,杠得错综复杂,又扯上某次悔棋的事,扯上某次洗衣时谁帮谁的事,最后还是绕回到史纤这一道难题。他们什么招都上过了。肖鹏用铜板给史哥摆过卦,翻过《易经》,判断盗贼可能去了东南方向。这在毛哥看来纯属哄鬼,比警察更荒唐可笑。毛小武不允许史哥缩在被窝里,把他拽起来跑步,翻单杠,击沙袋,推杠铃,让他消耗体能和振作精神。这在肖鹏看来不过是暴行,是摧残,是法西斯,只可能使病情加重。

当然,他们俩也看不上楼开富的方法。拿一本先进人物的模范事迹来做工作,谈主观世界和客观世界,谈正确对待批评与自我批评……这只会把史哥绕得更迷糊吧?整得脸上更无血色吧?

不过,吵归吵,杠归杠,该上心的还是上心。这一天,有人回忆起姓孟的一张火车票,起点是邻省的G市,那么他也许就是那里的人?或是那附近的人?又有人想到,孟的方言很古怪,偶尔漏出几句,把吃饭说成"茹基",把苍蝇说成"吴蝇",听上去与G市方言又并无什么关系,到底是什么鬼,可能值得进一步分析。但这些已足够启发肖鹏。他去一趟厕所回来,提议大家快去找赵小娟——那婆娘不是想考语言学研究生吗?不是常在汪教授那里香喷喷地扭来扭去吗?或许汪教授能从方言里找出一点什么蛛丝马迹。

这一提议在日后被证明十分及时和英明。汪教授在赵小娟的请求下,翻了几本方言词典,用放大镜在方言地图上查找一番,说离G市不太远有一个罐窑堡,有唐代驻军的屯堡,留下了一种所谓"罐窑话",构成了一个极小方言岛。正是在罐窑话里,吃饭为"茹稷",疑似"茹基"的变声;苍蝇是"胡蝇",与"吴蝇"相似度极高。如此等等,都不像是偶然的巧合。

还是据书上说,罐窑堡就三四千人口。太好了,老天开眼了,搜索范围既然缩小到这一步,派些人去挖地三尺,也能把老鼠洞统统挖个底透,能把老贼给掏出来吧?

毛同学和马同学交换一个眼色,忍不住击掌相庆。事不宜迟,按马哥的说法,抢在警察前面,可避免赃款入库充公。于是两人迅速纠集八位弟兄,包括毛哥的两位中学伙计,共组一支远征讨伐队。毛小武不知从何处借来几套迷彩的工装和双肩包,外加一套海军服,一套马哥退役时的黄皮,领章帽徽都不缺,虽三六不齐,海陆混杂,八国联军一般,但也能提振精神,够威风,够亮眼,够利落,可望争取一些旅行方便,更可能先声夺人吓破贼人的狗胆,赢来沿途民众的热烈鼓掌和振臂高呼。到时候,当哩个当,咣哩个咣,他们威武出征,奏凯而归,红旗招展,夹道相迎,老百姓喜送鸡蛋和苹果。这支小分队很可能让警方刮目相看,其军纪严明秋毫无犯的作风,岂不会感天动地?

三〇七再次忙乱起来。火车票的事交给陆一尘。伪造病假条的事则由肖鹏领差。曹立凡负责买面包买咸菜之类,还负责上课点名时的各种周旋应对。连楼开富也受到某种气氛感染,只是叮嘱政策和纪律,要求一行人快去快回,虽有一份老大哥的不安,但看到史家老父的焦急,似也找不到更好的办法。他几天来既要照顾史家老爹,还要做他儿子的思想工作,差不多快累垮了。

几个人影就这样消失了十多天。

最终的消息从系方传来:毛小武被警方刑拘。马湘南呢,虽也是"主犯",但幸有毛小武揽了责任,也幸有他母亲找关系说情,就逃过一劫,不过还是足额缴了罚款,写下十几页深刻的检讨,几乎用光了他所有严肃的词汇和诚恳的语气。

抓捕他们的理由是这样：这一伙假冒军人确实找到了G市辖区内的罐窑堡，确实找到了孟家，几乎是运用汪教授的知识实现了破案奇迹。只是那家伙实姓吴，从未当过什么教师。那一天吴家父母说儿子并不在家，外出已三年多，眼下鬼知道在哪里。毛小武和马湘南怀疑这不是实话，但考虑到远征队耗不起长期蹲守，便心生一计，将吴家七岁的儿子带走，想在小孩身上打开缺口，套出一点蛛丝马迹，也是逼那个贼爹出面来谈判：要儿子，还是要钱？要肉肉，还是要米米？

他们满以为这一招出奇制胜，打中了毒蛇的七寸。没料到在当地警方看来，这纯属胆大包天，根本不是一般的民间经济纠纷，而是非法拘禁、非法绑架未成年人的大罪，是警方执行新版《刑法》的职责所系。

几个小蟊贼，竟敢冒充军人跨省拿人，真让他们气不打一处来。他们一接到报案就紧急出动，荷枪实弹，警笛震天，团团包围了旅店，用电喇叭宣布最后通牒。马湘南后来最说不出口的是，强龙压不过地头蛇，他们在警察的枪口之下，在电喇叭的喝令之下，什么余地也没有，什么理由也是个屁，先是一个个抱头面壁，然后高举双手鱼贯而出，进入铁笼子汽车。小镇上的围观群众竟为之兴高采烈地哗哗鼓掌。

实在太难看了，太失面子了。他们这些"解放军叔叔"其实给小人质买过糖饼，买过红气球，讲过战斗故事，甚至吹口哨一曲又一曲给孩子催眠……但这些假仁假义根本不能抵罪分毫。

系领导的说法是，考虑到毛小武被判劳动教养一年，事情到了这一步，已属屡教不改，学籍无法保留。校方的重拳出手势在必行。

另有涉案的五位被记过，一个也跑不了。中文系七七级的全国"大学生先进集体"称号也随之遭撤销，一块铜质奖牌在会议室被摘下，让一位秘书大婶当场揪心顿足泪花花。"这太不公平——"现场有一男生大喊，但很快被别人一步步拽走。

阴雨霏霏的那一天，一辆警用面包车悄悄驶入校园。毛小武穿了件有编号的黄马甲，支着一乱发，脸拉得老长，耷拉着两只死鱼眼睛，一张嘴呆呆地半张，苍白脸色如同来自冷库。他由系主任和两名警察陪行，来宿舍取私人物品，出现在走道时，对熟人只是点一点头，能不招呼就贴墙闪过。

清理物品用不了多久。他干咳了几下，把一把电剪给了肖鹏，一本英语词典给了陆一尘，一把瑞士军刀则给了曹立凡，都是废物处理的意思。课本作业什么的统统飞入了墙角垃圾堆。

他胡乱打好一个被包，连同提琴盒一起扛上肩，扭头朝门外大步走去，好像去意急迫，能少待一秒就少待一秒。

肖鹏追上去，把对方刚才落在桌上的一枚校徽塞过去，拍在他手里。

毛小武的嘴角跳了一下，"没用了。"

肖鹏突然展开双臂，拥抱了他。"小武，别灰心，你还有机会。"

兔唇哥的喉头滚动，拍拍老友的肩，"对不起，缘分不够。你同他们说一声，"他是指刚才不在的室友，"我先走了。"

此时走道里已挤满人，人墙后面还有人踮足伸脖朝这边打望。有人挤过来拥抱。更多的人是前来握手，拍肩，捶胸，摸一把毛小武的乱发，大概都不好说什么。

"不好意思，给你们看笑话了。"

"小武，你要记住我们。"

他点点头。

"小武，一年很快的。"

他又点点头。

"小武，后会有期，我会去看你的。"

"小武……"

"小武……"

"姓毛的你这个臭王八蛋——"不知何时，人墙后有人爆出狂怒，吓了大家一跳。大概是没见毛小武应答和回头，那里又追上无比悲愤的一嗓子："你跑什么跑？你还欠了老子的牛肉粉，欠老子五次的球鞋没有洗——"

系主任朱老师觉得此时的气氛有点不大对，开始阻止告别人群，说散了吧，散了吧。午休铃都打过了，你们都回到房间去。

不过，人们并未散去，甚至越聚越多，组成了一道短黑发起伏的人潮，从三楼到二楼，从二楼到一楼，一直拥向大门口。不知何时，宫师傅和孩子也出现在那里。毛哥路过时刮了男孩鼻子一下："好好读书，不要学我啊。"

"兔鳖。"

男孩翻了个白眼，大概是怨这位家教先生失信，这些天停了提琴课，也没给他做弹弓枪。肖鹏对这眼神大概略懂。

人们跨过小院门，上了林荫道，走向路边的警车。多少年后，肖鹏写到这里，觉得当时还有点什么，还应该有点什么。比方，他就不能写一写泪花，写一写扭曲的脸，写一写某女生献到毛小武头上的围脖？他就不能写自己最终还是追上去，给兔唇哥胸前别上了校徽，而且这一动作似乎启发了他人，于是有人给他肩头别校徽，有人在他的背包和围脖也别校徽？他就不能写一写当时的系主任，看见那些琳琅校徽，也摸出手帕，偷偷蘸了下自己的眼角？就不能写一写两位警察面对这场景，也不无迷惑，没有急于关上车门，没有急于发动汽车和拉响警笛，留下了意味莫名的漫长一刻？

肖鹏就不能写一写男生们开始击掌，打出节奏，打出热烈，喊出了通常出现在球场的声浪？

  毛小武，雄起！
  毛小武，雄起！
  毛小武，雄起！
  ……

这种声浪很快又夹进了：

  七七级，雄起！
  中文系，雄起！
  兔崽子们，雄起！
  霉豆渣们，雄起！
  ……

这就越喊越邪乎了。

肖鹏在这里就不能写一写这种声浪在教学楼那边激起的回声？不能写一写这种叫喊好像有什么意思，又没什么意思，或者说开始还有什么意思，后来就不过是一种胡乱的精力发泄，一直喊到他们一个个眼歪嘴斜、捶胸顿足、声嘶力竭、忘我疯癫？

车顶的警灯终于亮了，一闪一闪在小雨中离去，消失在教学楼一片红墙那边。三〇七的一张床就这样空了。自有了这一床的空虚，有床板上零落的废纸，整个房间就有一种风暴过后的宁静。陆一尘不再在这里练声。肖鹏也不再在这里下棋。好像一种新的生活正在开始，需要一种心照不宣的蹑手蹑脚，还有人们的相互谦让。

肖鹏写到这里，其实知道上面这些差不多都不曾出现。真要说现场事实，大概只有两件可以提及。

一是宫师傅家的狗，叫"包子"的那黑哥们，吃惯了毛哥带去的肉骨头，大概是好久没吃上了，馋得忍不住，常来寻找主人。这家伙居然能一路鼻子呼哧呼哧，在几十间几乎一模一样的寝室中，准确嗅出三〇七，然后稳稳蹲守门口，用眼睛辨识每一张进出的面孔。

二是半夜里篮球场上常出现运球投篮的声音，先是有些女生听见，接着有些男生也听见，一如往日那样有三没四，在静夜里特别清晰，也特别洪亮。孤零零的球声，夹杂着间或撞击铁环的一声咣，又一声咣，以前大多属于毛小武。那无非是他精力旺盛，又不喜欢见医生，一碰到感冒就喝几大缸凉水，然后去球场上折腾自己，直到累出通身透汗。据说他的感冒都是这样治好的，烦闷也是这样治好的。问题是，他眼下早已走了，有人也去深夜的球场查看过，那里空无一人，不知球声从何而来。

是不是有人出现了幻听？

第十六章　马半席

马湘南无意间发现妻子的录音笔，变得沉默了许多。尽管那女人已多次认错，说她只是玩玩，以前并没玩过，更无其他人参与其中……马总还是觉得背脊透凉。

他是个大嘴巴，平时在自家人面前信口开河惯了，不记得自己说过什么。问题是，她从什么时候开始录音的？录下了哪些？录了又准备干什么？

更可疑的是，他并没深入追问，她为何要保证绝无其他人参与？这种未问之答，不正是一种心里有鬼不打自招？

那么她后面有什么人？某个闺蜜？某个男人？某个商业对手？某个邪教团伙？……难怪已有好长一段，马湘南总觉得身后有一种似有似无的目光，但真要去找，又找不到的目光。天啦，这娘们不会在哪天冲他微微一笑，最终揭开这个谜底吧？

"你以为……我真是瞿小凤？"

他大叫一声，在沙发里醒过来，发现自己满头大汗。

怎么啦？怎么啦？小凤急忙赶来，端来一杯水，在他背上轻拍，用毛巾给他擦汗，慌得几乎要揪胸和垂泪。

马总把她一推老远，声音哆嗦："你不要过来！"

"我怎么啦？"

"你到底是谁？"

"我瞿小凤啊，你老婆啊，凤丫头啊……"

"你整过容？"

"整过啊，你不是都知道吗？"

"你有没有双胞胎的姐妹？"

"马哥你说什么呢……"

"你说，你真是瞿小凤？你真是瞿士廉的女儿？真是胡梦海的弟子？真是出生在香港铜锣湾？真读过北京舞蹈学院？……"

妻子脸色惨白，呆了片刻，哇的一声哭得五官全垮了下来。

第二天，马总脸色铁青，让总裁助理带几个保安，把办公室、接待室等所有重要的地方都查了个遍，没发现窃听器和针孔探头。他好像还不放心，在后来的日子里，不论在哪里说话，说着说着就卡壳，就走神，就东张西望，查看灯罩里面、桌子底下、椅子后面、盆景暗处……还在门框上摸来摸去，敲敲打打。不用说，这时的谈判或聊天总是半途而废，以至人们私下里叫他"马半席"——那是指他连酒都只能喝到一半，全然不顾满桌的宾客和菜肴，不知何时就开始闹，闹完就走人。

更过分的是，他对老哥们也疑神疑鬼了。想当年他们共裤连裆，臭味相投，三天两头就泡在一起，有时在牌桌上认赌服输，惩罚方式包括掏钱，灌酒，自抽，讲笑话（大家不笑不算），发短信骂人（给自己最怕的人），往领口里灌冰块（在最冷的天），脱得一丝不挂然后出门去买烟（没买到烟就得去买花生），在街灯下一路裸奔，包括尽量避开女人，尽量找暗处临时藏身……他们什么坏事没干过？什么样的弟兄能有这么好玩，能有这么亲？可现在，即便已把来人随身的包箱检查过，刚摸上一圈牌，他还可能愣头愣脑问一句，没录音吧？过不久又问，真没录音吧？过一会儿还问，你确定你的手机没被别人做手脚？……

直到你们把手机都关掉，都掏出来摆在显眼处，甚至用毛巾包裹，用保密箱封存，送卫生间隔离，他还可能目无定珠，挠头挠脑，提不起打牌的精神头。

呸,这家伙什么时候把自己搞成了强迫症?

到后来,老哥们来得日渐稀少,于是他常把自己关在总裁室,一天下来无声无息,不知在干什么。儿子马浩偏在这时候给他再次添堵。这个小少爷,老马家最后的希望,什么事也做不了,什么东西也不想学,唯电游和手游玩得疯。不知什么时候,他居然拿过一次韩国的手游竞赛奖,让他妈咪洋洋得意到处吹嘘,拿奖座给客人们看过好多次。儿子满嘴的"同款""流码""杜比""卡顿""带宽""风投"……很像个科技高人、IT业资深人士,也能说得老爸无语。

拗不过他妈咪的逼压,马湘南终于给儿子投资了一个影游公司。没想到的是,浩爷还是浩爷,天下第一大活爷。三千万注册金拿去后,一年多下来,网剧没见他拍一部,游戏也没见他做半个,只是找了些靓妹来做过一场时装秀,还有两个什么主题体验酒会,邀来各路宾朋,虽挂上IT名头,但一毛钱关系也没有,不过是虚头巴脑的烧钱——不,烧钱眼下在他那里也叫风险投资。

到最后,一不留神,听说他又去银行融资,质押全部股权和若干借款,相当于杠杆上加杠杆,要在股市里挖金矿。

我的活爷,他哪是玩杠杆的料?他乳臭未干就想张嘴啃天?他见过真正的大鳄吗?见过他们那令人万分恐怖的白嫩白嫩小肥手吗?见过他们眯眯笑眼里的刺骨寒光吗?果然,这家伙几乎一买就跌,一抛就涨,运气好得可以点火,想不亏都不容易。他肯定是一鼓作气杀入人家的伏击圈,股价越套越深,眼看就要逼近平仓线。

小少爷还在坚信反弹奇迹,倒是妈咪沉不住气了,成天哭哭啼啼,一把鼻涕一把泪,央求丈夫尽快补充儿子的保证金,避免平仓大放血。

"老子情愿喂狗，也不喂这个小杂种！"马湘南气歪了脸。

"他千不该，万不该，毕竟是你的儿，毕竟是老马家的香火，是你我身上掉下来的骨血……"

"你去，叫他直接拿刀来，搁我脖子上；搬迫击炮来，顶住我的屁眼，让老子死个痛快。"

"打断骨头连着筋呢，湘南，你不帮他帮谁？平时你对朋友也不是……"

马总掀翻了一桌菜，闹得酸甜苦辣天女散花，指定女人一连十几个"臭娘们"，狗血淋头骂了个够。然后他又骂郝长子，一个派出所所长——不是吗，那猪头千不该万不该，明明抓了马浩的嫖娼，还查出了摇头丸，满可以把他关上个把月，加判两三个月也不难，说不定刚好就把这一波股市大震荡跳过去了。可那猪头偏偏情深义重，要回报马湘南的一箱酒，对年轻人搞什么重在教育的怀柔，偏偏又微笑又拍肩又送普法光盘。结果呢，好，咣当一下，把小崽子一摩托送回家，准时送到了大鳄们的嘴里。

"你关他几天会死啊？老子早知道，就出钱请你们关，按五星级宾馆算房钱，给你们发加班费，不行吗？"

马总骂完猪头所长，还是去公司打款了。

可怜天下父母心。

公司的财务安全制度太严，让他不得不跑一趟。于是就有了以下画面：他想避免堵车，交代司机改走三环线（在儿子眼里却是故意舍近求远）；没料到三环线也堵，只好叫司机一轰油门，猖狂窜入逆行道（在儿子眼里却是故意违章好拖延时间）；被警察拦停后，一时说不清楚，只好弃车跑步了事（在儿子眼里这老家伙连出租车费也死抠）……到最后，他跑得鞋底都掉了，魂都丢在路上，差一点跑出了虚脱和心梗复发，面色惨白地赶到公司签字、盖章、输密码、打下电子指纹，核准财务部的打款（在儿子眼里这一切纯属瞎编,哪有这样愚蠢和复杂的过程,出纳的事也由老板来做?是不是还要一五一十亲自扒拉金元宝)总之,总之的总之,马湘南走出公司大楼时,大口喘气,摇摇晃晃,觉得全身哪里都不听使唤,连揪一把鼻涕都差点没揪对地方(在儿子的想象中却是暗自得意,乐颠颠的一身舒坦)。

他的钱还有意义吗?他差不多早已看清,他怎么做都是个屁。即使他死上一轮又一轮,也讨不了儿子一个好。即便他把自己最后一块心肝恭恭敬敬献给儿子当早点,对方也可能没口味;即便吃一两口,那也是勉为其难,给面子而已。

浩爷后来确实就是这样冷笑的。"谁要你打款啦?我开口了吗?发函了吗?给短信打电话了吗?我说了半个字吗?好笑,你不就是一直等着我苦苦跪求吗?"然后吐出一块口香糖的渣渣,"没门儿,一辈子别想。你要装,那是你的事。"

"兔崽子,我用得着在你面前装?"

"谁知道呢?时间掐得那样准,厉害,厉害啊。"

"什么意思?"

"Shit!"

原来,对方是指追加保证金到账晚了,晚了十几分钟,晚了要命的最后一刻,实在太蹊跷。

于是,强制平仓准时爆雷,马浩所有的质押品灰飞烟灭。因为就差那么一丁点,儿子没有抓住援手,落入了万丈深渊,只剩下悬崖上父亲一只抓空了的援手。

马总全身发抖,眼睁睁看着儿子打一响指,搂着女朋友同去夜店了。这畜生,这畜生啊,畜生中的畜生啊,你输得卵毛都没了,却像打了个嗝,把几千万当成牙缝里的一点菜屑,不以为然地吐出去。什么叫平仓?你就不能焦急一点?不能悲痛一点?即便不顾及你父母,满脑子只有自己,你悲痛三五分钟也好啊。即便你学不会悲痛,学不会和气,学不会惭愧,那么就上愤怒,上仇恨,上残暴,冲着父母咬牙切齿破口大骂也好,干掉家里两个老奴才也算回事——你总不能在爆仓之晚就去夜店吧?

眼下,马湘南更成了一个闷罐子,更不愿见人,目光总是直愣愣的,见谁都像不认识。连上门查税的大盖帽,追债的一伙刺青猛汉,哭哭啼啼的公关女郎……这些公司平时都该小心应对的VIP,也被他当作空气,从不看上一眼。除了吃几口饭,他在院子里散散步,把自己关在办公室,只是迷上了一只打火机,把打火机拆了装,装了拆,拆了再装,在桌上留下一堆零碎。

妻子和友人都劝他见医生,他一点也不配合,不愿同什么精神病扯上关系。妻子说他这是被邪魔的追魂掌给打了,为他放生了六百只乌龟、九百条鲤鱼,请法师念了九千九百九十九遍《大悲咒》,还是没让他露出过一丝笑纹。请最好的医生上门,也被他给骂了回去。滚,滚远点!你蒙谁呢?他骂对方的酒糟鼻子,说你长成这样还好意思当医生?

结果,这一天,身边的人没看住,他最终消失于卫生间窄小的窗户。

一个黑影从那里飘忽而去,下坠得越来越快,越来越呼呼响,越来越干脆利落直截了当,最后轻轻的一声叭,如同一个小小的水泡绽破——当时小区花园里寂静无人。

一点小动静而已。他在深红色砖地上架臂扬臂勾腿,摆出了一个孙悟空的造型定格。

这是最早目击者描述的。

他想必是想腾云驾雾,十万八千里,飞离这累人的日子,飞入一种无边无际的寂静,他可以不再见人和不再说话的地方。

第十七章　国际人身份

　　追悼会上来了不少人，包括马澜、马浩和他们的母亲。马湘南的前妻也到场了，前妻所生的大儿子马波却未见人影，据说在国外有重要考试，一时回不来。不过，一位老堂哥致悼词时，一再提到波波，提到那孩子的前程无量，想必是要给亡灵一点安慰。

　　当年母亲哭哭啼啼把马波送到陕西，找到前夫的老同学林欣，求对帮方帮忙，让孩子换一个环境，好歹进一个二流本科。与其说是看重同窗之谊，不如说是出于对男人喜新厌旧的义愤，林欣当时还真拼上一口气，把内招指标跑了下来。

　　磨难也是幸运，马波——不，当时已改从母姓的孙波，就是在重大家庭变故下，突然孤愤立志，从一个落榜的垃圾生，一步步奋发图强，脱胎换骨，不仅以全优成绩读完本科，后来还北大硕士、哈佛博士、剑桥博士后，直到最后在梅里达机场冒出来，给林欣献上一束洁白的毛蟹爪兰花。

　　"对不起，林老师，我迟到了三分四十秒。"他把时间掐到了秒。

　　林欣惊喜地尖叫，一把将他搂在怀，直到发现对方脸红，才意识到他已不是个孩子了，说不定都结婚成家了——啊啊，抱歉，抱歉，林老师今天是太意外了。

　　本来，她这次出来学习手语对外翻译，只是一个普通的"南南合作"教育项目。她没想到自己竟能在墨西哥巧遇学生，更没

《一个现实主义者必须是个理想主义者》 赵汀阳画

想到多年不见的学生已出落得如此英姿勃勃，实在让人高兴。瞧瞧，这还是孙波吗？他一件带帽的运动装朴素如常，名校生的自信和孤高却深藏不露，国际化礼节规范还轻车熟路。他受校方委托接机，不仅准备了鲜花，带来了旅行者最需要的地图、公交卡、手机卡、万能插头，还有中国人少不了的电热壶，把任务完成得细致而温馨。

一路上取行李，开车过卡，入住酒店，代问网址和餐厅……办理这些时，他都是"谢谢"前"谢谢"后的，每一动作都简洁轻巧，不时绽放一脸微笑，给每个陌生人播洒阳光。

不过，把林欣准时准刻送交给墨方一女教授后，学生却婉拒了恩师的晚餐邀请，说对不起，晚上还有三千米游泳训练。

"游泳后呢？"

"还有网上的拉丁语课。"

"这么忙啊！"

"确实忙。"

"你啊……"

林欣与其说略感失落，不如说是赞叹。又是游泳，又是网课，一个哈佛博士还在继续悬梁刺股。历史上那些圣人啊英雄啊，青春风采也不过如此吧。

出于某种兴奋，林欣第二天临时取消一个约见，不惜任性一回，要去参加孙波的报告会。据她后来私下里描述，那报告会太酷了，酷爆了，先由一首钢琴曲预热，博士手上闪耀一枚婚戒，在琴键上又揉，又刨，又啄，又捶，令人眼花缭乱。他揉出了迷乱星云，刨出了急风暴雨，啄出了小桥流水，最后捶出或者砸出了灵魂的天崩地裂，完全是专业水准，惊得台下的中国交换生们目瞪口呆，发出尖叫和口哨。

报告正题更是让听众们掌声不断。"你要么一骑绝尘，要么被甩下十条街。永远不会有匀速前进的同行者。"这样的励志警句说来就来。"就算你待在原地,就算你缓慢成长,那也都是十足的后退。"这样的忠告振聋发聩。至于孙波他自己,虽已拿下了北大与哈佛,虽已有五门外语并出版过专著,但他还需要更多的学习和实践,需要更多的艰苦打拼,起码要完成欧、亚、非、美每个洲各三年以上的工作——这正是他来墨西哥任教的目的。

待他把拉美的这两年攒下,他就有了最完整、最亮眼、最坚实的资历,就成了联合国某机构高级专员毫无悬念的接棒手。各位同学,知道那意味着什么吗?那是国际人的身份,是真正的世界公民,比方说年入六位数美金,还有国际协议所保证的永远免税权——那不过是他献身人类文化进步的一点副产品。

他继续说,他早已摸清了,现任专员两年后就要退休,而那时候最接近这个职位的人,一个日本的N,一个土耳其的B,一个英国的S,一个瑞典的T,都有各自资历或成果方面的缺憾,完全无法阻挡他的全面优势碾压……中国人怎么啦?各位同学,时代早已变了,中国不再是一个巨大的零。你们被仰视、被欢呼的机会都已近在咫尺!

听众们都惊得说不出话来,甚至忘记了鼓掌。

投影幕布上又出现了玛雅人的儿童诗、民间涂鸦、妇女手工艺品……报告人无非是要让听众们明白,读书并不是一切,参与公益同样是人生的必修课。刚才大家看到的就是一个NGO项目,也是他资历的一部分。

会场上的复杂情绪已经炸锅:

靠,我这辈子算是白活了呀。

我恨不得掐死自己呀,怎么就堕落成这样?

这种报告太虐心,不能再听了,不能再听了,求求你好吗?

……

不知为什么,当四周的娃娃们争相举起手机,争相在报告人那里求合影和求签名时,林欣兴奋之余,不无骄傲之余,却突然有一点迷惑。她没听错吧?"六位数"和"永远免税权"是什么意思?她一直想听到那以后还有什么,可偏偏就没有了,就转到什么玛雅人去了。好吧,就说说玛雅人,她在车上曾问过这事。如果她没记错,孙波当时一脸微笑,耸耸肩,挑挑眉,说那些黑色小矮个啊就是喜欢散漫,喜欢自由自在,不愿当经济动物。其实那也挺好,外人完全没必要去改变他们,您说是不是?……

他确实是这样说的。既如此,刚才那视频又算怎么回事?NGO是不是"外人"? NGO要来干什么? NGO不过是来送娱乐,送热闹,送新闻热点,秀一把情怀?是来积攒宣传花絮,拍出漂亮视频,以便将来申请经费或职位时播放示人?有了与这些黑矮个们混过的证据,一个当代精英的正义感和崇高精神就无可怀疑?

他不会是这个意思吧?

林欣这些年长期打交道的哑童、盲童、聋童、自闭童……也喜欢散漫,喜欢自由自在,大概也不愿当经济动物(慢点,"经济动物"这个词的手语该如何比画)?但一个个真实而活泼的生命就在这里,就在你的面前,他们的处境是否也不需要改变?或者说改变在什么意义上,该被仙风道骨的高尚者们看成了多余?

博士是不是对这一疑问还会微笑着耸耸肩?

林欣从事特殊教育,多年来见过不少爱心人士,也见过不少爱心表演家。她其实很想说的是,六位数就六位数吧,自己的学生应该说已经够好。彬彬有礼,人畜无害,说到哪里去都是清流,起码比他爸当年要强得多。他精算前程,精准打击六位数和免税权,也不是什么罪过——事情倒可能是你落伍了,怎么说呢,老林啊老林,一个九斤老太终于炼成,你对新时代少见多怪了吧？

不过，林欣走出会场时，还是心里不是味，甚至有点顾影自怜的伤感。这一天，孙波送她去机场，她觉得手脚僵硬，口舌笨拙，脑子里空空的，不再有上去抱抱的冲动，甚至连伸手拍拍肩或摸摸头也有迟疑，不知该说什么。在那一刻，她吃惊地发现，眼前这张娃娃脸的清秀、温和、文雅、勤奋、低调奢华其实太完美了，太有设计感和操作意味，滴滴答答的钟表式活法，倒透出一种不远不近的冷冽。

"还有六分十秒。"博士看看手表，腼腆地微笑，"老师，海角天涯，机会难得，您再给学生一些指教吧。"

"同你相比，我都快成野人了，还能指教你？"

"不不，我说过，我是您永远的学生。"

老师犹豫了一下："有件事，不知当不当说。"

"您说。"

"……你爸的墓地，你有机会要不要也去看一下？"

"林老师，怎么说呢，您觉得有这个必要？"

"他毕竟是你爸。"

"我现在时间挺紧的，成天都是掐着表，踩着点……"

"你爸其实后来已变了不少，真的，我知道。你别看他嘴臭。听你婶婶说，你的足球，你的书包，他还一直留着，藏着。"

"老师，您忘了，我已经姓孙。"

"您还有同父异母的一个妹妹两个兄弟，其中一个差不多全瞎了。"

"我真的很忙，忙得差点透不过气来，又工作，又学习，还有未婚妻，还有NGO的好几个项目……"

"悠着点，别把自己绷太紧。"

"老师您放心，我记得您以前讲过一张一弛的道理。其实我也游泳，打网球，弹钢琴，有时也看一点科幻电影。戴维斯的黄金作息表，我在北大时就是严格实行的。"

他提到一个美国的健康专家。

哦，哦，戴维斯，林欣半张着嘴，不知该如何聊下去。

时间到了，飞机从那个略显卡通化的梅里达机场缓缓滑出，顶着白炽化的阳光腾空而起。林欣远望绵延天际的墨绿色热带雨林，远望窗外逐渐全面下陷的屋顶和田野，直到一切都模糊不清，缥缈如幻。她把手中一张名片顺手塞入椅背的小布袋——那是对方分手时给她的。

与十几天前的那一张相比，这张新名片多了手机号和地址，显然是更亲近的表示，是进一步邀请或许可的暗示，是更高等级的关系认定和信用授权——如此分寸感，再现一种奋斗者的精算。但问题是，她不知自己需不需要它，下机时会不会取回它。她更不知回到中国后，接到他母亲的电话，还有老马家各方可能的电话，她该如何启齿。

第十八章　重新开篇

I'd rather be a sparrow than a snail,
Yes I would;
If I could,
I surely would.
...
Away I'd rather sail away like a swan...

林欣找到马湘南的墓碑，献上了一束花，想起了对方当年的一张娃娃脸，想起了这一首《山鹰之歌》。当时是英语课的教唱吧，教室里只有他的吼叫横冲直撞，完全不搭调，气得女老师差点要哭。

同学们纷纷举报，说他是故意的，就是故意的，老师你打他！

老师当然不能打。

大家说老师你尽管打，我们都给你作证，你没打，是他打了你！

林欣现在想起这些，是因为前不久接到过一封信，差不多是一位学生家长应该早二十多年发出的信：

林欣同学：
　　你好！

你调回家乡后，我们还没见过。有件事一直想跟你说，没找到合适的机会。大二那年，你托我买一台卡带录音机，我说水货过境时被海关吃掉了，赔了你三块电子表。你还记不记得？想起来了吧？其实海关那事是我编的，六百元钱是我昧掉了。对不起，昧了你的钱，还让你觉得我很仗义，生意做亏了还能认赔。

　　你不要骂我。我年轻时有些事做过了头，现在向你补一个道歉，也连本带利（按银行定期最高利率）将钱还给你。我知道你不缺这个钱，但总算是一个了断。趁我还没痴呆，脑子里还没长草，再不做我就会忘了。

　　我那个不成器的儿子，还希望你继续关心和指教。

　　此致

　　敬礼！

马湘南　拱手
三月二十日

　　她想了想，好像当年是有过录音机这么回事。信中未提到的是，那次他塞来三块劣质的电子表，液晶跳字的那种。他又突然说眼里进了沙粒，请她吹一吹。其实是这猪头借机拉近她，最后一把搂住她，顶在墙头强吻。

　　"好小气……"他挨一猛拳是在情理之中，于是胡乱擦拭鼻血，一溜烟狼狈而逃，"有什么了不起？一个白骨精，白骨精，白骨精！"

　　她捡一个石头，在摩托的尘浪中追出了好远。

　　不管怎么样，他多年后的一声道歉仍让人动心，只是这种道歉太意外，透出了寒凉，似有某种临别善后的味道。

她算了算日子，这封信确实寄出在马湘南出事的三天前——不，那不是什么跳楼，谈不上什么抑郁症，他只是去阳台上给鸟笼喷药消毒，一不小心才不幸坠亡。公司是这么说的，家人是这么说的，好友是这么说的，小区保安等目击者差不多都是这么说的，连医院、地方媒体后来也予以确认：一位爱鸟人士的偶然失足坠亡。(既如此，小说里此前的有关描写也许应该修改，请读者们注意。——作者注)

她没去参加追悼会，哪怕那么多同学都去了，连与他公堂对簿过的肖鹏也去了。她的犹豫是自己去了该说什么，该不该提到自己有过的预感？该不该忍受各种夸张的溢美之词和亲密之情？在沉重的哀乐中，她能不能及时流出眼泪？如果流不出，那么面对其他人的泪眼会不会有些尴尬？

是的，如果说她以前看不上马湘南，眼角里压根就没这个奸商、兵痞、纨绔少爷，但一封信让成见轰然破碎。姓马的你道什么歉呢？你也知道道歉啊？你是不是想说，你不是你，并没那么坏，至少是一个不那么坏的父亲，是一个珍藏着忤逆之子那些足球和书包的父亲？如果命运给你机会，你还可能成为著名的公益大佬，斥资拯救吸毒少年，投入国家的生态工程或高科技项目，把公众最热切盼望的海外国宝赎回？再不济，你也可以成为一个普通的退休老人，提一个保温杯，在路边下下棋，给外来人指指路，给邻家孩子折叠纸飞机？

也许，正像他不久前私下里感叹的："做人还是傻一点好。"

"怎么傻？"当时陆一尘也在飞机上。

"就是脑袋被门板夹瘪了，又在尿桶里泡肿了，不晓得十块钱比五块钱大。"

"什么意思？"

"老子说不清。"

"儿女情长了吧？是想说说你前妻，还是想起了马波……"

"不要提那个臭王八犊子！"

"马哥……我发现你越来越深奥了。不得了，你老人家的战略意图和天机参悟，我实在跟不上。"

飞机已开始爬升。窗下那无边无际的新城区楼盘，那些百万级的或千万级的豪宅和高楼，平日里让人倒吸一口寒气的辉煌财富，顷刻间越变越小，不过是一颗颗微粒，如同辽阔沙盘上的蜂窝蚁穴，一个小指头便可横扫无数——何况这样的沙盘大同小异千篇一律一望无际，让马总顿时觉得了无意趣。在那一刻，不仅地产是个屁，陆一尘这次的出游邀请，他为老同精心挑选的极品摄影器材，在马哥看来同样是无聊透顶。

眼下，林欣从墨西哥归来，来墓园献了一束花。这与其说是追补一种惜别，不如说更像一种百感交集的恨别——她在青年时代居然摊上这么个鬼人，到最后还烦上加烦，收到对方迟到了二十多年的几句话，还有一笔退款。马湘南，你干嘛不一混到底？就不能让人们轻轻松松痛痛快快地忘记了事吗？你不由分说地来了，又不由分说地走了，张牙舞爪地来了，又张牙舞爪地走了。你硬是个魔王，是骗子、狂徒、烂人，简直构成了一次突袭，到最后还要让人们失去忘记你和不在乎你的理由，让人们一时心酸却不知为什么。

偌大一个墓园，那么多墓碑上陌生的名字，天知道埋藏了多少不为人知的故事，多少当事人都想忘记的从前。他们该忘记吗？他们不该忘记吗？他们能忘记吗？他们不能忘记吗？忘记可能既是一种自我告别，也可能是一种自我躲藏。事实是，要命的事实是，往事可以忘记却不能涂改。将来的往事即眼下的一切同样没法涂改。想想吧，如果人们知道自己的将来必定面目全非，眼下是否还会愿意长大？但如果人们总是忘了从前，那又怎么证明已经自己长大了，知道长大还是值得的？

一只红头鸟飞过来，落在某块墓碑上，看了林欣一眼，很快又扑啦啦飞远。

一阵狂风同样刮得有点不明不白，挤压得小树林里各种异声此起彼伏，听上去像放鞭炮，像山崩地裂，最后余下疑似老人的咳嗽，咳不下去的断断续续。

她进入小树林时接到了一个电话。对方自称为省教育厅干部，说她的一位俄国同行来了，与她在北京见过面的，想尽快再次见到她。皮埃尔教授的行程有点紧，望她有所谅解。

这样，她来不及回家换装，只是拢了拢头发，直接去了镜湖酒店。没料到一推开包厢门，没见什么俄国人，扑面而来的却是满堂大笑。她没推错门吧？不对，毛小武在这里，肖鹏、赵小娟也在这里，还有几张似是而非的脸，应该也与她有过什么关系——只是这些人已变形，身体线条早已溃散，眼袋啊，肚腩啊，脸斑啊，肥臀啊，枯发啊一个劲地冒出来，撑破了记忆中的青春定格。

"对不起，皮埃尔先生向你致敬。"有人笑着前来相迎，"尽管你一再拒绝，大家还是强烈要求，挑一个周末，补偿你一次约会，算是我们假仁假义吧。"

这人是谁？大白牙，大酒窝，卷毛头，是不是姓……

"陆一尘！"

她终于想出来了。

"再想想，他是谁？"陆一尘指定另一个，再指定一个，一一考验迟到者的记忆力，很快就考得她满脸通红。"……不好意思，罪过罪过，我承认我不像话，但谁叫你们自己长得牛头马面？"她被再三罚酒，靠一份当年的酒量，虽喝红了脸，但还算撑得住。

好容易，名字与面孔总算全对上号了，杯觥交错也开始了。但交谈却并不容易。跨越二十多年的重逢，往事从何说起？各人的沉浮、各人的哀乐、各人的所见所闻所感所思，一齐涌向喉头，如各路车流一齐扑向十字路口，反倒造成了堵塞和卡位。有好一阵他们吞吞吐吐，只能喝汤，再喝汤，吃菜，再吃菜，权当是肠胃的聚会。

既然吃上了，食品还算方便的话题。终于，有的宣传野菜，有的推荐鱼汤，有的扯到枸杞和甚至艾灸，一场食补和食疗的知识大赛开始，业余医学普及随之跟进。血压、血糖、血脂、冠心病、类风湿、骨质疏松之类都纳入话题。他们今天好像不是来吃饭，而是来吃药，是以药会友，是以医为乐。面对满桌的维生素胆固醇氨基酸微量元素，这些全心全意活命的养生专家明辨秋毫，知识丰沛，出招难分伯仲，不把每一个人体器官都监管到位和滋补到位就决不罢休。

说了健康，大概就该说说股票了。不过陆哥交代过，今天特殊，是赔礼性的、慰问性的，得按林姐的套路来，得全面提升道德文明风尚，谁不说点心灵鸡汤，他就跟谁急。这样，铜臭之物不提了，就说说孩子们的事吧。学区房该如何找，电子游戏该如何戒，理科和文科到底哪个有前途，出国留学有什么新动向，女孩子进入社会高端前必修的钢琴或古筝该去哪里修……为人父母者向曹立凡、肖鹏这些老教师请益，又各抒所见，各叙所闻，有时还掏出手机，相互交换有用的电话号码和联系人名，一不小心便高瞻远瞩，他们超前关切到孙辈的教材和假期旅游，包括打听马湘南那公子的成才之道。

既说到马湘南，因小说一事引起的名誉侵权官司也就没法回避。

"小说？"林欣愣了愣。

"你还不知道哇？你兵马俑吧？"陆哥大感意外，"我们这些难兄难弟难姐难妹，一个个都被这个渣渣恣意丑化，成了他沽名钓誉的牺牲品，成了他的人肉筵席。连他太太都看不下去，一再要他笔下留人。"

"键下留人。"肖鹏更正。

"抠字眼，有意思吗？"

"对号入座，有意思吗？"

"你敢说不是拿我们的痛苦骗稿费？"

"人名地名都换了，我碍着你们谁？你硬要自己入戏，自己加戏，越演越来劲，我有什么办法，能把你摁在坛子里憋死？"

"臭马桶，你还有理啦？"陆哥恨恨地推眼镜，"告诉你，马哥的事我还没说……老子不想捅伤口。"

"捅，你捅啊。"肖鹏拍桌子，"你吓白菜啊。我把马哥怎么了？是不是有谋杀罪？到底是哪一段哪一页杀人了？"

"小子，人在做，天在看。"

"我罪恶滔天，以后吃饭噎死，喝水呛死，过河淹死，上山摔死，好不好？"

桌上气氛骤然紧张，双方都横了眼睛，出了粗气，喊出了老绰号，老子来老子去的，一点斯文荡然无存。不过杠头脾气才是标准的校园风，倒有一种久违的亲切，让人们放下矜持，找回几分轻松与活跃。

肖鹏被旁人劝回座位，对林欣苦笑："不好意思，我不过是写着玩玩。他陆一尘从来就是鸡肠小肚。"

"对不起，今天我坚决拥护陆哥。"赵小娟冲他哼了一声，"你写就写，扯上我干什么？什么眉来眼去，什么涂脂抹粉，我是那样的人吗？"

"那些我早删了，不信你去看看。"

"你脑子里肯定没删,看过的人也没删。"

肖鹏向毛小武求证:"你说,我删了没有?"

兔唇哥一直蔫蔫的在看手机,像从梦中醒来,眨眨眼:"什么呀?你写了什么?"

"看看,社会影响清零,小娟,你放心吧。"肖鹏认为自己已脱了干系。

"不,你犯罪意识根深蒂固。你说,你柿子专挑软的捏,为什么不敢黑林姐?今天得说清楚,老实交代,你是不是对她搞过心理越轨?"

有人开始坏笑。肖鹏也苦笑,"手心手背都是肉,你们都是我的嫡亲同学,我深情缅怀都来不及,怎么黑得了手?又能黑到哪里去?至于林爷,我实话实说,对她曾有过好感——注意,过去时态哦,那是一两颗青春痘,没什么大不了。在齐太史简,在晋董狐笔,卑职以铁面无私为基本原则。天地良心,她抽烟的事,我写了吗?写了。她图书馆偷书的事,我写了吗?写了。她那个从南京千里迢迢找来的求爱者,风流倜傥的研究生,就因脸上少了道疤,被她觉得太奶油,缺少苦难感,最终把他轰出门去,轰到大雨里,肯定轰出了感冒高烧。当时连我都看不下去,心寒呐。"

林欣擂了他一拳,但不妨碍举杯一笑,"没关系,你继续写,怎么抽风都行,编桃色新闻也无妨,只要没用老娘的名字。"

"陆一尘,你看看人家,你看看,这才叫范,这才叫气度!"

"我就不信你真忍得住。"陆一尘斜盯着林欣。

"需要忍吗?如果他写得不像,那么怎么写都是写别人,我犯得着生气?如果我生气,那只能证明他写像了,写的是事实,我生气那就是自我举报啊。"

"太对了!"肖鹏激动得带出一阵咳嗽,边咳边打开手机,

"我得记下来。这样伟大的逻辑,我当初就该拿到法庭上好好宣讲。"

"再说,我林爷也可以写,是吧?现在全民文青化,个个都是口水客,谁不能写几笔?难道还怕他一手遮天不成?"

对,对,桌上发出噼噼啪啪的掌声,还有兴奋的七嘴八舌。林欣你说说,你要写什么?你什么时候写?打算写小说还是回忆录?打算发杂志还是挂网上?你不会害得我们再一次高血压吧?这年头大家都脆弱了,就像你刚才说的,差一点只剩下全心全意地活命了。你行行好,多上点鸡汤,多上点境界什么的。你要虐就虐肖鹏,不能便宜这小子。千万别相信他的一往情深,他那点闷骚一钱不值。军中无戏言,你一定要写,一定要写成啊。同志们,颠倒了的历史必须再颠倒过来,正本清源拨乱反正刻不容缓。千年的冤要申,万年的仇要报,俺们千家万户终于有了主心骨,出头之日就靠你林大侠啦……

林爷把剩酒一饮而尽,"好,你们等着。"

"剪彩,开工剪彩——"曹立凡再次提议碰杯,预祝又一颗文学之星高升,又一部乱臣贼子所惧的巨著今日开篇。

直到杯盘狼藉之际,他们分别邀舞,分别邀伴合影留念,你捶我一拳,我瞪你一眼,你说我装少女,我说你胖得没原则,都痛恨日子过得太快——他们这些王八蛋啊,当初是怎么碰到一起的?这辈子怎么就没躲过这人生的不幸呢?往日过于潦草和匆忙,眼看着人生的秋天已近,他们什么时候也会完全走散的吧?他们这些枯草落叶终将在人海的哪些角落里一一熄灭?

那是红河谷的日子,三套车的日子,莫斯科郊外的晚上和年轻的朋友来相会的日子。记得那一次,他们去陆军医院慰问伤员,因伤员的专列误点,活动结束时已是半夜,公交车统统收班,他们走回学校时已至凌晨。大家索性就不睡了,赶去新华书店门前排队，等候开门时抢书。那时的书店比任何商铺都要热闹，无非是十年后出版解冻，青年们抢一本莎士比亚、普希金、托尔斯泰、雨果、巴尔扎克、屠格涅夫、契诃夫、茨威格什么的，都像饿虎扑食，都像奉经成圣，读着读着就有一种恍惚，一种自己正在变高、变广、变大的大升华，一种日子之外还有日子或天下之外还有天下的原来如此——那激动，眼下想起来都难以置信。

那时他们多么年轻啊。疏星闪烁，寒雾流淌，街道上空寂无人，连出门最早的清洁工和菜贩子也没动静。排队者却一点也不觉得困，也不觉得冷，靠蹦跳，靠挤撞，靠喊喊叫叫，在檐下墙根取暖。他们的校徽被其他排队者关注和议论。不用说，作为恢复高考后最早的一批，他们差不多是稀有动物，是准明星群体。不少公交车售标员对初到本地的大学生擅自免票，凡去大学报到的，都可以蹭车且优先登车。连学校附近那些补鞋的、配钥匙的、修单车的、笔杆刻字的、搪瓷盆补漏的、上扣子改拉链的、卖大碗茶的、冲洗照片的……也都涉嫌优亲厚友，只要看见大学校徽，就像见到失散多年的亲侄子或亲外甥，能算成本价就成本价，能不收钱就不收钱，你拉我扯好一番客气。

大概是发现了这一点，有些骗子便冒充大学生，在街头摆一个纸牌，申明自己惨遭偷盗，或家里穷得缴不起学费……希望好心人捐助学费。

警方抓过好多这样的骗子，还在报纸上广而告之，望市民不要相信骗子的校徽和学生证。但这类骗子还是屡屡得手，让不少路人情不自禁往小盆子里扔钱，甚至把围巾或大衣披到可怜人的身上。

那是不是很可笑？

那时的阳光在汹涌，柳芽和槐花瓣在尖啸，每条大道都在跃动和翻腾。然而十年过去了，二十年过去了……岁月哗啦啦不断提速。谁也没料到，当年的稀有动物们居然一眨眼也就老了，再听那种骗子的故事，可能困惑，可能漫不经心，甚至根本不相信——这世上装和尚尼姑还差不多，别一枚大学校徽也能骗财的事，岂不是天方夜谭？很多当事人就是这样对肖鹏说的。但他不愿删改，不愿放弃自己的记忆。到底是他错了，还是别人错了，他甚至觉得那并不重要。就把自己当作一个卧底吧，他哪怕与所有人为敌，也得赌上自己的脑细胞，在敌占区坚守自己哪怕无谓的记忆权。

　　在西伯利亚矿坑的深处，
　　望你们坚持着高傲忍耐的榜样，
　　……

陆一尘，你那时的牙齿好美好白，来自少年宫的大酒窝灿烂如花。你曾朗诵过这首《致西伯利亚的囚徒》。

　　日落西山红霞飞，
　　战士打靶把营归。
　　胸前的红花映彩霞，
　　愉快的歌声满天飞，
　　……

马湘南，你那时好腼腆，肩膀好宽厚，手掌好坚硬，大皮鞋哼哼响。实在却不过了，你便吼出这首你唯一不会跑调的歌。

不知什么时候，毛小武大概是喝多了，冲着手机开吼，要对方去找马湘南，马上找到他，就说老同学在这里嗨歌，点了他的歌，要他赶快来镜湖酒店上班！

大家吃惊地看着他，一时不敢吱声。

"放心，放心，肯定找到的……"兔唇哥回头一笑，收起手机，踉跄了一下，把胸口拍得山响，"猪头老总肯定会来的。他要不来，看老子怎么收拾他！"

肖鹏把杯中剩酒泼在他脸上，"你小子不经喝啊？"

兔唇哥抹了把脸，眨眨眼，"我今天根本没醉！"

林欣看来很受刺激，突然捂住嘴，丢下话筒和伴唱前奏快步离去，直到卫生间那里发出关门的巨响。

第十九章　现实很骨感

　　肖鹏陪战国时代的惠子来到江边散心，选在夜静人稀之时，是不想被闲人们指指点点。不过他们还是偶遇游人，还有若干男女一次次回头，诧异惠公的头巾和长袍大袖。那些人可能以为是又一种时装面世，或是附近在拍摄什么古装电视剧，一位未卸妆的演员，与友人出来溜达来了。

　　岸边有一行垂柳悠悠摇拂。江面上有月色光斑闪烁，遇到江面的回头水，便出现一束束光斑的穿插回环。偶有渔船的剪影从光流中无声掠过，送来一种童年的味道，远方的味道，人们心中若有若无的什么。

　　"你怎么像个古代人呢？"一位孩子大为惊讶地盯住惠子。

　　"我本就是古人嘛，这不，从魏国来。"

　　"魏国在哪里？"

　　"魏国……在北边。"

　　"北边只有蒙古。"

　　"怎么说呢？从你爸爸往上数，数上一百多个爸爸，那时候就有魏国了。"

　　"不对，古人都死了，你肯定也死了，不能在这里走。"

　　"谁说的？"

　　"书上说的。"

　　古人拈须哈哈大笑。

　　惠子告别疑惑的娃娃，回头问肖鹏，听说你还邀请休谟、康德、维特根斯坦来过，是吗？这些番人初入中土，在这里还过得习惯？"

"还行，还行。"肖哥说那些番人只是不习惯这里的拥挤和喧闹，经常捂耳朵，动不动就揉胸口，对饭菜倒是还喜欢，每顿比他吃得还多呢。他们最喜欢"老干妈"，夹在三明治里吃。

"是吗？性相近而习相远。如此'老干妈'，性焉？习焉？"

惠子环顾江面，说这里的景色确实不错，比魏国滋润与温和许多，不过他这次来，不一定能给肖教授的选修课帮上忙。小说到底有没有用，有多少用，他对这一问题思之甚少。他说到陆一尘，"就是你肖先生说的那个，他嘀咕什么来着？……这事也怪，他不是你写出来的人吗？不是把他写成了你的大学同学吗？他为何多事，搅得你心烦意乱？"

"是呀，是呀，我没用他的真名，也杂用了其他人的素材，照说不该有事的。但这家伙非要同我纠缠不休，都成精了，管不住了，自行其是了，你说怎么办？"

"其他人也都这样？"

"不全是，得看情况。"

"肖先生，我不懂传奇，不便妄言，不过你得注意，他陆先生说作者不是巫师和上帝，没有话语霸权，整个世界不能任由你们呼风唤雨，这一点倒没错。自古以来文字不失为一种高风险物品。"

"惠公，我承认，立言须谨慎。我也承认，文学并不能改变世界，但文学能改变人们对世界的看法，而看法也是世界的一部分。我没说错吧？"

惠子停了停，用蒲扇指了指前面的河面、圆月、柳树和路灯……"你看看，你想想，这就是世界，你写不写，你如何写，它都在那里。肖先生以为然否？"

"先生，你容我接着往下说。事情是这样的啊，如果我不写，更多的人就不知道这条河，这个月亮，这些柳树和路灯。是不是？就像前不久我们在那镜湖酒店聚会，陆哥非说他在停车场见义勇为了，人家小姑娘后来还感激得要下跪了——我倒是愿意信啊。他口口声声自己这辈子做过的好事，论件至少是三位数，我也愿意信啊。问题是，你信吗？更多的人信吗？如果没有人将其纸写笔载，那么一切就不过是无不过是□□"

肖教授进一步逼问惠子："请问，他那里到底发生过什么？"
到底有何感人之处？

惠子哈哈大笑，击掌三声。"肖君善辩也。没错，这世上名实相依。无名之实徒为实，无实之名枉为名。哲学说到根子上，也就是名实之辨。"

肖哥兴奋起来，给先生献上一瓶矿泉水，进一步报告自己的所思："惠公，没错，这世界上确有'事实'，但更有意义的是'可知事实'。不是吗？在理论上，前者大于后者；而实际上，若不借助后者，前者再大也是一片无谓和无效的黑暗，几乎毫无意义。世人想一想便知，口无凭，字为据，若无相关文本，公众从不知晓也永不知晓的一切，在多大程度上算是发生过？即便被当事人所亲历，一旦时过境迁，一旦经年累月，会不会也被渐渐遗忘，成为一握空气、一缕青烟，最终弥散于天地之间？"

　　肖哥克制不住自己的辩才，干脆在这里上一段旁白：本篇小说的读者们，女士们，先生们，当着惠公的面，你们现在可以走出房门或拿起电话，去问更多的人，问更多更多的人，看是不是这样——有谁知晓镜湖酒店那天晚上，公民陆一尘到底干了什么？还有更多的公民，他们的这事或那事，何以成为事实？凭什么就是你们心目中的事实？

　　惠子点点头，"然也，然也，此语可圈，机锋不俗。肖先生，事情不妨这样说吧，作为一种把'事实'转化为'可知事实'的基本工具，把混沌之实变成可辨之实的基本工具，文字以及文学——就是番人那个广义的 literature，便为人类的立身之本了。用番邦的方式说，名也就是实的敞开，是实的到场，是另有硬度和温度的实呀。"

　　江上有一灯光闪闪的客轮驶过，正拉响一声沉闷的汽笛。两人继续相谈攀谈以至乐而忘返。

　　这天夜里，惠子最终不知去了哪里，不知还说了些什么。用肖鹏那些学生的话来说，他也许爱上了"老干妈"，连夜给庄子老哥代为淘货去了，说不定还打算在魏国、齐国那边开店呢——这些戏言活跃了课堂内外。

　　接下来，有那么一段时间，惠子的头巾和长袍大袖在校园里若隐若现，飘忽无踪，使这些学子们很快迷上了哲学。他们满嘴"名"啊"实"啊"文本"啊"符号"啊"此在"啊，都是些神兮兮的词。

　　他们甚至对立言这事兴致勃勃信心百倍，写的写日记，开的开博客，办的办杂志，还一口气成立了三个社团。有一位男生曾前来敲门，掏出 U 盘向老师请教。肖鹏以为 U 盘里是一篇短文或几首诗，没料到对方淡淡地说，是四个长篇小说，其中一个是关于唐朝的，一个是关于明朝的，一个是写机器人的，一个是写火星生命的——这差一点吓得老师跌倒桌下。

肖鹏总算把脑袋拍回现实："等等，等等，你再说一遍。你说盘里已有六百万字，没开玩笑吧？"

"不开玩笑，我本可以写得更多。要是吃爽了喝爽了，我每天能刷一两万字。"

"不是这个意思。我是说，你为什么要写这么多？"

"多吗？人家大神，上一届二班那个'我来吃大蒜'，一天三四万呢，一个学期就挣了台普桑，差一点就是凯美瑞。"

大蒜什么的大概是一个网名。

"他写了什么？"

"谁知道呢。"

"你是说，你没看？也不看？"

"需要看吗？"

"你们互相之间……平时都不看？"

"看车，看女朋友，还差不多。"

"那你为什么要我看？"

"哦，你是我偶像啊。"

"作呕的呕（ou）吧？"

"你的学生多，里面肯定有不少编辑和记者。据说你还认识上面的人。现在这社会，就这样子啦，没关系什么都免谈。是不是？"

……

肖鹏觉得他们几乎每一句都说岔了，都短路了，看来循循善诱是搞不成了。如果再往下说，说不定对方还会觉得他太迂，老帮菜一个，忍不住要直人快语地反过来指导老师呢，要上一堂人生课或写作课呢。想到这里，他赶紧把后面的话头咬了回去，只说自己要去买菜,再晚就买不到活鱼了。

附一位学生的电子邮件:

肖老师好!您一时说文学不可信,一时又说文学特重要,是不是有点自相矛盾不知所云啊?您到底要说什么?我承认,您在两头都说得有道理。我也承认,您把庄子、惠子、休谟、康德、维特根斯坦什么的拿来卡通化,寓教于乐,课件做得超有趣。问题是,so what?现在已不是八十年代了,我是指以后的论文通过、申报课题、C刊发表、拿职称拿项目,等等,用得上吗?您懂的。

现实很骨感。非常抱歉,我不得不放弃您这门课了,得去插班文化产业研究。昨天的研究生课上,您突然卡住了,没头没脑地看着我们,可能自己不觉得,一言不发竟有十一分钟(我看过表),搞得大家不知所措如坐针毡。当时您是不是在默默地说话?是在同谁说话?

好怕怕啊。我当时心生酸楚,对您好同情(请原谅,这个词不一定妥当)。老师,您太累了,可能应该放松一下,更豁达一点,该放手的就放手,不要让师母再把您经常倒锁在工作室。外面的世界多精彩!

虽然我以后不再选您的课,但我永远是您的学生,永远敬重您。对了,顺便问一句,最近您那篇小说里的X君,原型就是您自己吧?想不到您也有年轻的时候,也玩得嗨,玩得邪乎。当年真是那样吗?你以前为何从不同我们说起?告诉您吧,我也是个大吃货,最近发现一家最好的米粉店,在一个倒闭的印刷厂职工宿舍里,很不容易找的地方。老板每天限量卖三百碗,下午就去跳舞和吹萨克斯,您看牛不牛?但他的粉真是好吃,超级棒,鲜得不要不要的,可能比您小说里写的还要好。如果您愿意,我哪天开车接您去,我请客。

我给您的小说贡献一个题目《修改过程》,用不用随您。但我觉得比您的原名好。

我的名字叫容儿,双鱼座的。您能记住吗?

好,不打搅您了。

谢谢!

第二十章（A） 花花太岁

　　林欣和高隽珠终于查到了史纤老家的地址，也查到了当地派出所的热线电话。只是对方帮不上多少忙。连史哥的一个远亲也在电话里抱怨，史哥早不在那里了，连亲戚也很难见到，到底在何方发财，不是太清楚。

　　这就是说，像很多人的很多事一样，没人书写就天下不知，史哥这个大活人可能成为一种空白了。

　　靠零星传闻，肖鹏才把史哥的后事补入小说，就像读者们眼下将要看到的这样。

　　简要说吧，他当年因病辍学，由父亲领回乡下老家，就与同学们基本断了联系。后来只有楼开富出差去过那里，顺便看望过他，还帮过一点忙。同母校交涉的结果是，让他补交一篇毕业论文，好歹发了他一个毕业证，有点照顾的意思。靠这一文凭，楼哥作为省级党报的大记者，又请托当地一位教育局长，给他在乡村学校谋下一份教职。

　　不过他的病并未断根，有时在讲台上神情迷乱，讲着讲着便出轨跑偏，比如，声称自己是当代最伟大的诗人，与艾青、郭小川是好哥们，与李白、陆游、苏东坡更是忘年交和隔代的同门传人，关系好得要烫手要冒烟。他还向娃娃们赌咒，说我要是有一句假话，你们就把我的卵子割下来，丢到山上去喂狗。

　　这当然让学生和家长受不了，一致怨他为师不尊，出言荒诞，耽误孩子们的功课，一张嘴比村里王屠夫的屁还多。有一阵他患鼻炎,经常东一坨,西一把,浓涕到处污染环境,刺激人们的耳膜,留下不少痰痕。教室前一棵树的树干都被糊得亮晶晶——这更被大家视为师表尽失的恶相,一看就要吐。

他的教职没了,老婆也随一个照相师傅跑了。村里让他申请困难补助,给民政部门写一个报告。他报告的第一句话是:"一个声音回响长空,我是谁?我从哪里来?我往哪里去?……"整个报告写下来,一共三页几乎都是诗,从天上到地下,从写景到抒情,赋比兴齐全,没人能看懂。

补助一事也就不了了之。

最严重的一次发病,是他没钱出版诗集,便流落各地现场朗诵,做一个行吟诗人,最后跑到北京,在天安门广场发布新诗,一首声嘶力竭的《大地之梦》,引来不少观光游客。结果可想而知,他被当作滋扰社会的嫌犯,抓起来严加审问,直到警方查明他不过是有脑病,才网开一面,交县信访办派人领回。

自有了这次折腾,他活得更加气不顺,觉得周围总是有事,所有人都在与他作对,特别是打压他的诗才,连堂兄开的小卖部,也不给他赊灯油,总是劝他去做漆匠。于是他写作时总是紧闭房门,保持一种秘密状态,写下每一页都要用垫板复写,一式多份,每一页打上红指印,用油纸包封,以便尽可能防流失、防篡改、防腐烂、防盗窃。最后,他常到自家后山去转悠,是不是要把著作藏之名山,不得而知。

正是在山上,他结交了一位蜂农,后来随对方翻山越岭追花夺蜜,一直追到福建、海南、广西,让自己的生计多少有了点着落。他大学时代的普通话学习,使他比同伙更方便远走天涯,与外地农户交道。

油菜花、柑橘花、葵花、乌桕花、槐花、枇杷花、桂花、瑞苓草、野坝子、苕条花、荆条花、五倍子花……五颜六色,争奇斗艳，那都是上天馈赠的美丽和甘甜，隐伏在一条又一条流浪之途，隐伏在山那边或水那边的某个无人之境，似乎只待他去孤独地发现。这一过程，在他看来与写诗差不多是一回事。就像他后来夸耀的，万美皆备于我，他成了一个花老倌，一个花心人，一个云游四面八方的花花太岁。啊啊啊你疯狂的花，羞涩的花，淫荡的花，呼呼大睡的花，恍然大悟的花，恶毒的花，质朴厚道的花，苦苦挣扎的花，高傲的花，东躲西藏的花，无精打采的花，活得很不耐烦的花，一个喷嚏打晕了自己的花……你们的万紫千红无一不是隐喻和典故，无一不是妙语和金句。他史纤用唾沫星子布播的你们，正在阳光下开花结果。

所有的鬼，所有的魂，所有的妖怪，你们统统笑起来吧——他喊出了山谷里的阵阵回声。

……笑起来吧。

……来吧。

……吧。

"你们都是我最了不起的哑巴和聋子——"

"……和聋子。"

"……聋子。"

"……子。"

他相信，待他印书的钱攒够了，他最新的《追花集》或《花心人集》必将再次一鸣惊人。

正在此时，对面重重叠叠的山影里，有一块出现了悄悄蠕动，继而有隐约的歪斜。几乎在同一刻，那里的尘雾突然此起彼伏，一束束地喷射，成块地弹跳，成串地翻腾，迅速淹没了下坠的山体，如百兽狂舞万马飞奔一泻而下，汇成了暗得发黑的冲天尘浪，一窝一窝地向外涌，向上涌，向前涌，往大里涌，竟然涌之不尽，没完没了又无休无止。轰轰轰和嘎嘎嘎的各种怪异声中,群山转眼就空去了一角,变得有些眼生。天地却陡然黑压压暗了下来。泥尘暴黑压压地遮天盖地,正在轻松随意地扫荡人间,眼看着一口吞下了眼前半条山谷,吞下那些不过是盆景世界里的小树林和小草坡……他惊呆了。

这是久雨浸泡后的泥石垮塌?还是爆破施工造成的山体震裂?还是他史纤的几声呼喊惹下大祸,喊破了一个危险而又吉祥的天机?

他好容易在泥尘暴里爬起来,重新浮现出来,抹了一把脸上的尘土,吐出了嘴里的泥,眼里充满泪水。

后来他才从救援人员那里知道,他是遇上了一次烈度不低的地震,而且自己恰恰戳在震中区。万幸的是,他亲历了一次山崩地裂,居然大难不死毫发无损,还收获了一段牛皮哄哄的日后谈资,更强化了对自己生辰八字的自信。相比之下,他的损失只是几十箱蜂,还有两笔蜜贩子的欠款,算不了什么。

这一天,他刚刚从菜地里捉回一只蜂王,避免了蜂群的跟随逃逸。房东三麻子来找他,说在电脑上没找到鱼苗和二手车的信息,但看到一篇文章,好像说到了他,不知是何意思。

他半信半疑跟随后生去看了一眼,既吃了一惊,又激动万分。他没注意三麻子在一旁说什么,包括对他大学生身份的感慨,对他老家十八丈坪祖坟位置的好奇。他只是不断揉眼皮,不断擦汗,憋住呼吸,几乎不相信自己的眼睛,看屏幕里自己几乎遗忘的一切。奇怪啊,这是文件,还是新闻,还是小说?对,看来更像小说,是多年前读过的那种。那里正不断出现史纤史纤史纤史纤史纤史纤史纤史纤史纤史纤……这太古怪了,也太让人心酸了。

史纤确实是他在大学时代自改的名字。那些事确实像他的事,至少有几分像。他摸了摸键盘,摸了摸鼠标,摸了摸显示屏和电缆线，觉得自己居然同这么时髦、先进、奇妙、神圣的东西有关，实在不可思议。他一个蓬头垢面的家伙，一个吃百家饭走万里路的花老倌，一个连老鼠都不大来光顾的穷光蛋，居然也能一家伙进入了电脑，同社会名人差不多了。

三麻子忙不迭地给他敬烟和点火。

"去，砍一块腊肉，炒一碗辣椒笋子，老子今天要喝酒！"他觉得自己上了电脑，有资格吃个点菜了。

东家果然乖乖地往厨房里钻，剁得砧板当当响。

喝过酒，他走到林子里一排蜂箱边坐下，不知何时眼眶湿润，捂住了脸。他想起了作者所署名的肖鹏——印象中好像是有这么个人，又想起了楼开富、毛小武、马湘南的往事，他们确实是自己的故友。问题是，他曾决心把他们统统忘记，就当甩进山沟，沉到河底，不再同自己扯上关系。

不是吗？他眼下算什么？他真与那些往日同窗有过关系吗？如果让他回到那些人面前，搓搓手，绕绕圈，不时假笑一下，憋不出一个屁来，把路边广告故作惊讶地发现好几遍，是不是很有意思？几年前母校曾寄来的一张校友登记表，几经辗转才来到他手上的。但那一页纸上所列的职务、职称、学位、著作情况、专业成果、社会影响、家庭情况、手机号码、电子信箱等，一项一项都让他没法填，甚至大多看不懂——"电子信箱"是什么？是不是要装一个通电的木头信箱？装上防盗的报警器？

他参加过中学的校庆活动，倒是庆出了一肚子闲气。活动实际上是圈钱，是掏校友的腰包，于是中午进餐时，他刚坐到桌前，刚操起筷子，就被一个后生拍拍肩，说他坐错了地方，于是众目睽睽之下被一路带出大厅，去另外一处就座。原来，各方来客已被分成三六九等，捐款万元以上的由校领导陪同进包厢，捐钱千元以上的围桌在大厅，其余则只能去操场排队领盒饭。盒饭据说价值五元,其实只有一勺冷饭,半只咸鸭蛋,半勺酸包菜,几颗花生米,就是小老板打发农民工的那种。

他去加饭,竟被分发盒饭的年轻老师白眼。对方打量他的衣冠,问他的名字,叫来一个保安,要把他当作叫花子请出校门。

即便他掏出校庆通知,甚至掏出自己的诗稿,证明自己加一点饭的资格,但也没加成,只得到一瓶矿泉水。

矿泉水还是杨老师给他争来的。那是他的初中班主任,胖乎乎的杨婶。当年他缴不起菜金,只能蹲在篮球架下吃白饭。杨老师就偷偷把他叫去家里,与杨家孩子一起吃,有鱼肉时甚至多给他夹一筷子。她摸摸他的头,整一整他的衣领,常说他是个好娃,将来会成为国家栋梁的,会给家人争光的,会让他爷爷他奶奶他外婆他外公他大伯他大婶他二伯他二婶他舅舅他舅妈都做得起人的,要被人举三个大拇指(孩子们不知该如何举)。不知为什么,她无论鼓励还是责备学生,总是扯上他们的亲戚网,把他们一个不漏地全说到,让孩子们的耳朵忙个不停,既有喜乐,又有惶恐。

揣上一瓶矿泉水,他却不敢正对杨婶的眼睛。后来,有一次他拉肚子,拉得脱了人形,还口吐浊臭自己都嗅得出来,居然又撞上杨婶,他最不想见到的人,情急之下只能夺路而逃。

"这不是供销吗?你也来看医生?……"对方追了上来。

"不是,不是。"

"怎么不是?就是你嘛,史供销。"

"错了,认错了。"史纤只能一装到底,"你是谁?"

"你不认识我?我杨老师啊。"

"这位大妈,我是欠了你的钱,还是欠了货?"

对方这才有点迷糊。

"我要上厕所了,你拦我干什么?"

"我真的看花眼了？"

"对不起。"

史纤捂住肚子再次逃逸。谢天谢地，他逃进了厕所，身后不再有妇人的脚步声。但他心里更慌，后悔刚才要脸不要仁义，简直是伤天害理，说到哪里去都只能用裤衩蒙脑袋了。他蹲了足够的时间，没拉出什么，折返门外，见杨婶出了医院，横过马路，去了一个商店，去了一个菜场，又去了一个理发店……他做不了什么，最大的歉意表达也只能投送自己虚弱的目光。

他发现杨婶已有白内障了。他原来打算，待新诗集出版，拿到第一本样书就要给杨老师送去，但那时杨婶还能读吗？如果不能读，只能摸一摸，那么他会好伤心啊。如果他在那个宿舍楼前进退两难，杨婶发现他时，会不会把他看成捡破烂的，会不会要他去哪个小杂屋，掀开油毛毡，扒开塑料布，拿走下面那些包装纸盒和空瓶子？

眼下，他注意到屏上另一些链接帖，有一个相关民事官司的报道，有一个同学们邀约"班会"的公告，还有一个什么征求意见的视频拍摄提纲——大概是为隆重班会准备的节目。他脑子有点不够用，比如，不知自己该不该去赴约。直到随一车蜂箱上了大岭，看见了刚刚冒出层层云海的一轮鲜润红日，他才最后咬下牙关。去，去就去，这一次他还非去不可！就凭有人还惦记着他，就凭那份《一九七七：青春之约》的提纲没漏下他的诗，他得给脸要脸嘛，混得再垃圾也得那个一下嘛。

否则是说不过去的。

这样，他等到了那个日子，掐准约会的前两天，带上四十瓶桂花蜜，都用矿泉水瓶封装好，加起来塞满两个大编织袋，挑上汽车，再换火车，一路直奔省城和母校。他把蜂蜜送到学校宾馆，估计同学们会入住那里，请前台人员到时候分发。虽做不到每人一瓶,但他的意思差不多也到了,多少回报了同窗们一点甜蜜。

接下来,他负手闲逛,在校园里看了一圈,顺便察看一下这里的花情和蜜源。忠烈祠一带还是老样子,往日怪腔怪调的练声随风飘来,细听之下却又无处可寻。同样不那么确定的是,记忆中的那个谁,在荷池前梳过头;记忆中的这个谁,在树下背过书;记忆中的另一个,在草地上翻过跟头……可惜这一切眼下都已印象模糊。

他找到老教室,发现比印象中的要小得多,要低矮得多,唯黑板字迹还未擦掉,看来是值日生的懒惰一如既往,等着他去代擦一把。他发现擦去的字都是大篆,是他当年记得最多、最熟的拿分神器,只是这些老伙计眼下竟完全陌生,不由得让人一阵怅然。

他当然还得去看看操场、食堂以及宿舍。一路上是广告栏,什么雅思什么托福,什么日语什么韩语,更多是一些舞会、野餐、旅游、美容品、男模、游戏比赛、吉他培训、诚征女友的招贴,几乎无不字迹潦草,狗爪子挠的一般,哪像是大学生的字?作孽啊,这些小屁崽的书是从屁眼读进去的。

好了,总算到了他最熟悉的男四舍。红砖外墙久经风吹雨打,已由浅褐色变成了深褐色。楼前的香樟树一棵棵已高大蔽日。他进了大门,上了楼梯,过了通道,走出了自己一路的脚跟发软,不时扶一扶墙壁,好像还能摸到涂料所覆盖掉的往日划痕。三〇七还是三〇七,居然还是三〇七,已向他悄悄地洞开。这里似乎还是充满雄性们的油汗味、脚臭味、饭菜味以及青春痘的骚兮兮。不过日子毕竟富起来了,以前的上下八床,现已变成单层四床,而且床架改宽,由木质换成钢质,自习桌则自带射灯、书架、电源插座,塑胶套件一派亮丽光鲜。很多人的桌前贴有国外球星或影星的彩照。

他探头看看,发现有一个男生在睡觉,另一个在打电脑游戏,还有四个围成一圈甩扑克。没有人向他招呼,没人注意他。"通关啰,耶——"那个游戏崽突然跳到椅子上,咬牙切齿双拳猛击空气。

他踩到了果皮,发现更多的果皮和纸屑,散发出酸馊气味,几乎没法下脚。也许是情不自禁,是肌肉和神经自动发作,他咳了一声,没咳出什么反应,便去找到门后的一个扫帚开始扒拉——事后自己也奇怪这种轻车熟路。

"大叔,你好啊。"一个打牌的娃很高兴,把手中的饮料盒扔到扫帚下。

另有一人也把几个揉成团的塑料纸扔过来,还补上一句:"师傅,三〇九肯定有西瓜皮,都臭到这边来了。"

他被娃娃们当成了清洁工,包括接受不无好意的提醒:"刘师傅你来得好,我们这里的纸盒子、废瓶子、易拉罐,都可以卖钱的。"

他莫名其妙地接受指导和支派,跟着一个背影又去了三〇九,去了三〇八和三一一,接受更多的支派和欢迎。当他把一撮箕垃圾倒入楼道一端的大桶,听到身后有人抱怨:"怎么换人了?连扫地业务也可以转包,这种破学校,真让人无语。"

"我不是转包的。"他忍不住回头更正。

"上次来顶班的刘师傅,就是你吧。"

"我不姓刘。"

"那你是谁?是来找人的?"

"差……差不多吧。"

"你找谁?"

是啊,他找谁?有什么人让他找?他今天衣冠楚楚不请自来，准备了一肚子欢喜,其实闲着也是闲着,不扫扫地又干什么?他想解释一下,终究没说出口。

"大叔,扫地也是正当职业,靠劳动吃饭,不丢人。"刚才那个欢呼通关的娃走来,递上一张钞票,"你去帮我买一箱酸奶,要营养快线,好吗?剩下的钱归你。"

史纤看了对方一眼,努力理解这一份新差事。

"大叔,你没事吧?"

他耸了耸鼻头。

"别啊,你今天有钱也不赚?"对方挤了一下眼皮,拍拍他的肘子,"你看我多喜欢你,多信任你,也不怕你拿钱跑了。"

史前辈重重吐出一口长气,拍拍身上的灰,不仅没接钱,还突然一跺脚,丢下了手里的扫把。大概不甘心只丢一个扫把,他扬长而去。走到楼道口又咚咚咚转回来,一脚踹翻垃圾桶,踹得那个桶咕噜噜又旋又滚,里面的五颜六色泼洒一线,散发出混杂的馊臭,吓得那个敬礼学生睁大眼睛快缩头。若干脑袋此时也探出门口。

"喂,你们——说你们呢,你们都听好了。你们是来读书还是搓鸡巴的?"他憋红了脸,扭歪了脖子,指着一个个人的鼻子,好容易吐匀一口气。"托你个福,雅你个思,你们也算是大学生?崽啊个崽,你们去外面看看那些墙……"他是指壁报和招贴,"那还算字?那是你们的字?坐没坐相,站没站相,哪是字肓出来的?你们老师的脸都丢到蛤蟆湾去了,连我都要看瞎眼了。你们是得了小儿麻痹症,还是中风边瘫,笔都扶不稳了?"

他又重重啐出一口,擦了把鼻涕,指着地上的垃圾,"你们看看这猪窝狗窝老鼠窝。老子本想给你们扫。老子今天偏不给你们扫,吃得再饱也不扫,看你们如何搞!你们一个个门高树大,吃出了一肚子好下水,吃出了一身膘,都是爹妈的心头肉,自己离乡背井出来，注意点卫生有哪样不好？当年我们在这里不都是自己扫吗？哪有什么清洁工？你们每天动动手，轮着动动手，扒拉几下，就当是写几个字，会死啊？崽啊个崽，你们都想坐轿子，哪个来抬？想偏你们的脑壳！"

娃娃们没怎么听懂他的话，却大体看懂了他的脸色。有几个开始找扫帚，找撮箕，慌手慌脚忙乱起来。

"大叔，对不起……"一个男生前来道歉，大概是学生干部。

史纤吃软不吃硬，也缓和了些，"我狗脾气，一张嘴巴臭，不该骂你们。你们能考上大学，还是好崽，值得三个大拇指。"

他转身走了，没走几步又再次转身折回，"话讲清楚，我今天看得起你们，才骂你们几句。我看不起的，眼角都不会朝那边挂。晓得不？"

最后打一拱手，"好了。完了。走了。"

意思是他说完了，得正式告辞各位。

就这样，他礼数周全，撇下男四舍惊愕的一群后生，离开这个学校。他无心再逛，无心购物和看地铁，只是在商场买了一把梅花头螺丝刀，是给一位房东捎带的，然后径直去了火车站。不料过安检门时，一个金属探测器在他裤裆处划拉一下，发出了哔哔哔的声音——这当然需要进一步检查。他有点紧张，或者是被眼前警察的紧张闹出了紧张。"你们要干什么？干什么？要流氓啊？往哪里摸你无聊不无聊？……"他保护裤裆的推挡让人生疑，拒不配合的揪扯让人生怒，最后的跺脚骂人更是不可容忍。想必是认定这家伙有鬼，是近来追逃缉凶大会战的重要目标，必须迅速控制。两个大盖帽说时迟那时快，一阵风扑上来，不容他挣扎和辩说，把他扑翻在墙角，死死地摁住，摁出了一个狗吃屎的姿态。

其实他裤裆那里只有一枚金属扣针，一点也不危险。扣针是他捡来的，用来扣紧内裤的密袋，也就是他的防盗装置——确保自己一路上盘缠和货款的安全而已。

　　这样，他坐上火车时，嘴里嘟嘟嚷嚷，一五一十清点货款，左脸还火辣辣地痛。一首未完成的诗，写在一块包装纸上，被他掏出来蘸去嘴边的血痕，又擦拭一下鼻涕，然后随手扔进了垃圾箱。

第二十章（B） 飘魂

在肖鹏的笔下，史纤这一趟进城的故事，其实还有一段，后来被作者自己给否了，被剪下来移入备用文件夹。

也许可以拿来比较一下。这一段是说，史纤路过学校宾馆时，在林荫道上与一人擦肩而过，暗暗吃了一惊，回头再看时，发现对方也回头看他。他刚才只是觉得此人面熟，刹那间又发现岂止是熟，这人就如镜中的自己，太像啦。待镜中人慢慢走过来，再走过来，天啊，见鬼了，哪是镜中人，不折不扣就是大活人，烧成灰也认得出和换不了的史纤啊。

尽管对方身穿一件光鲜西装，抹了围巾，还戴有胸花，大概刚参加过什么仪式，但一张黑脸简直是翻模复制，特别是那宽嘴薄唇和似乎总是咬紧的牙关。尽管对方鼻上多了一个眼镜，还驼背，还鬓白，还喘，但一颗脑袋明明是从史纤这里割过去的，绝对假不了。

"你是谁？"

"你是谁？"

"你是人还是鬼？"

"岂有此理，你才是鬼。"

史纤在冒汗，发现对方也变了脸色；觉得自己口舌不利索，发现对方的手指头也在哆嗦不已。

"我是史纤。"

"我才是史纤。"

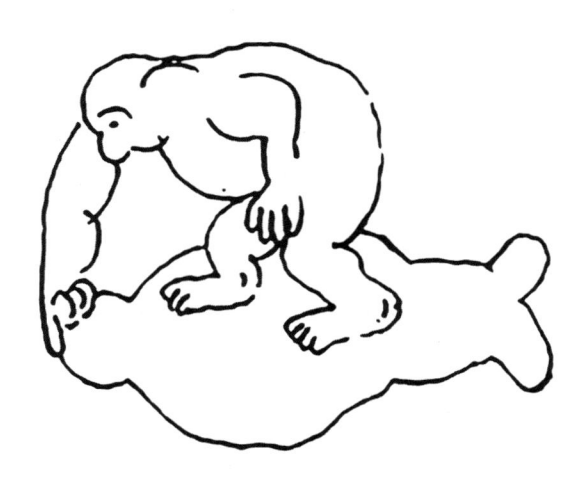

《我的边疆》 赵汀阳画

"我坐不更名，行不改姓。"

"笑话，我用这个名几十年，谁都知道。"

"你肯定是整过容，故意整成了这样子。"

"我怀疑你是演员。你在演什么？有意思吗？"

两人互相抓住不放，越来越生气，不知是要泄愤，还是要揭伪，还是要扭送犯罪嫌犯，反正嘴已不够用了，你一揪，我一扯，你抓我领口，我撸你围巾，发出了衣扣撕断和脚步杂乱的声音。那位史纤同款版的胸花也落在地上。

更重要的是，对方眼镜飞了，只得迷迷瞪瞪松了手，踉跄之际一声大叫，踩进了路旁一条沟——史纤后来才知道，对方即使戴上眼镜也是半瞎，常把电线杆影子当沟跳，这次倒把水沟当成了一道影子。

"我真是史纤，千真万确啊。"对方爬起来，哎哟哎哟地揉脚，流出了眼泪，好容易找回眼镜哆哆嗦嗦地戴上，说不信你看看那边，看得见吧？

顺着他的手看去，史纤发现路边挂有大红横幅，"热烈欢迎史纤研究员回母校讲学"。横幅之下的橱窗里，居然还有讲座公告和来宾介绍。乖乖，讲题是什么殷商刻辞，太高深太奇怪了。

"骗子！这李鬼还上了天？"史纤看一看自己的同款版，又仔细打量橱窗里的照片，不知何时突然一击掌，笑出了咯咯咯的尖声。

"你……笑什么？"

"我晓得了……"

"你没病吧？"

史纤也在沟边蹲下，"你不是李鬼，我也不是李鬼。你不过是我的魂，对不对？你今天飘岔了道，不识老本家，是不是？"

"迷信！"驼背人哼哼，"飘魂这种鬼话，你也当真。"

"不信也没办法嘛。要不，如何这样巧，我们一分为二，两张脸叫一个名字？"

"不可能。我问你，你也做考古研究？你也懂河图？懂禹王书？"

"你是说古汉语吧？不要门缝里看人。告诉你，老子也有大学文凭，以前就在这个学校读，住在男四舍。"

驼背人有点吃惊："我也住过四舍啊。那你认得郑明道先生？"

"太熟啦，郑先生还夸过我的诗呢。"

"天可怜见，你还能写诗？"

"不瞒你说，那时我脑子里不缺油，转得快。哪个让我受气，我就考个高分给他看看。哪个摆臭架子，老子就发表一首诗气死他！"

"美言不信，信言不美。诗有什么好写的？"

"那你做什么？"史纤坐下来，再次打量自己的魂，半信半疑不得其解，摸了摸对方的一只手，摸得自己一惊。"兄弟，你这身子骨要熬干了啊，还白了头，驼了背，才五十出头吧，看上去七十也打不住。你是受了哪样的罪，累成了这个猴样！你说说，研究员是个什么差？"

对方摇摇头，"说了你也不会明白。"

"一天能赚个三五百？东家包吃包住？"

"什么意思？"

"每天也不上瓶酒、发包烟？"

"你懂什么，以为我是上门做手艺啊？"

"那你肯定是被鬼打蒙了。"史纤瞪大眼，"你何不跟我去养蜂？脱了这身洋装，就算去养猪，种地，开拱土机，也天天有荤，夜夜有酒。有时烧个荒，到处点火，浓烟四起，天下大乱，太好玩了。"

"燕雀安知鸿鹄之志……"对方叹了口气,"怎么说呢,这就好比你写诗,写出了乐趣,一般人也不会理解。"

"那倒也是。"

"不瞒你说,我晓得我自己是个怪人。"对方总算说起了自己的工作,还有家庭,还有近来恼人的风湿病,摇了摇头。"我就不该活在当今。我其实最想活在古代,比如说先秦,最好是西周。哎呀呀,打马过山,临江钓月,挑灯读简,执剑行侠……嘿嘿,我可笑是吧?但我总得有个安慰。实不相瞒,我几乎什么都舍下了,也什么都学不会了,就剩下故纸堆和乌龟壳。但我总得有个乐子吧?"

"对,日子得靠自己过,皇帝老子也一样。"

"一到梦里,我哭了,笑了,心里就会好受一点。"

"你也不容易,真不容易。你是一条汉子,这一路走得太苦,苦醉了。你放开大路不走,硬要钻刺蓬,攀老藤,爬绝壁,走一条野猪路和老虎路……"史纤忽有一阵心酸,再次抓住对方一只枯手,"一笔难写两个史字。这么说吧,刚才你说的这些我统统不懂,但只要你想做,尽管去做好了。既然你也是史家祠堂的,光耀门楣就仰仗你了兄弟。哪一天米没了,油没了,你吭一声。老史家这么多人,绝不会饿死你。"

"谢谢……"

"你留我一个地址,留一个电话号……"

"其实也没什么。兄弟,穷活富活都是一辈子。这世上啊,有些事人皆可为,有些事则不是。能为人之不能为,知人之不能知,成人之不能成,乐人之不能乐,也是人生大幸吧?"研究员眼里泪光闪烁。

"你别伤心。"

"我伤心什么？我高兴呢。"对方擦了一把眼睛，挣扎着站起来，拍去身上泥灰，重新整理围巾和衣服。他们总算有了交互的笑脸，有各自的赔礼和谦让。你抽烟吗？你是不是吹不得风？研究员看来已认下这一孪生面孔，对此番奇遇也不无兴趣。他从衣袋摸出一张票子，凑在鼻前嗅了嗅，实际上是看了看，说要去买酒，两人不妨喝上一口。

史纤说他袋里有油饼和馒头，下酒菜就别买了，他们难得一聚，有口酒就蛮够意思。于是两人牵手来到路边的石条凳落座。他目送研究员去了前面的便利店，抽完一支烟，嚼完半个油饼，一再打眼张望，许久还不见对方返回。这有点奇怪，明明看见对方刚才下坡，去了那个店门，莫非那家伙一个四眼瞎子，什么时候又摔了跤或走错路？

见日头偏移，他忍不住也去便利店。不料那里只有三位售货员，一个顾客也没有。据说他们一直在这里，没见人来买酒，更没见什么驼背。

"他穿什么样的衣？提什么样的包？有什么明显特征？"一位女售货员问他。

"他穿西装，戴围巾，长得很像我，只是多一副眼镜，看上去要老得多。他刚才肯定是进来了。"

"你什么意思啊？你是说我们吃了他？老同志，你莫不是碰到什么骗子，丢了钱，气糊涂了吧？"

"你们保证他真的没进来？"

"不信你搜，你自己看。"

史纤没发现店里有什么密室和后门，更没发现门外另有岔道，只见一群白鸽呼啦啦飞来，咕嘟咕嘟落在林荫道路面，正被一个游客拍照。

"史纤——"

"史供销——"

他急得在门外跳脚大喊，把几种名字都试了个遍。

甚至喊出了自己的乳名："三麻拐你跑到哪个牛屁眼里去了——"

还是无人应答。

他回到橘林，回到两人说过话和揪扯过的地方，嗅一嗅，没闻到什么，再嗅一嗅，还是没有异样气味，这才怀疑自己是糊涂了。他寻找路边的横幅和橱窗，也不见踪影。也许刚才他只是在橘树下睡了一觉，做了个梦？也许是前不久听了房东一个飘魂的故事，于是在梦里来这么一出？

水沟边有一朵粉红色胸花以及扣针，不知是何人丢下的。他将金属扣针取下来，留给自己的内裤，胸花则挂在树梢，看是否有失主来找。

他苦笑了一下，走出校园，去了趟大商场，然后径直走向火车站。快要通过旅客安检门时，他与一个人擦肩而过，听那人举一支手机，拖一个拉杆箱，一边说话一边向门外走去："……对，我就是史供销，历史的史，供货的供，报销的销。老爹当年取名，就想让我进供销社吃碗国家饭呗。好，我这就去大华酒店，咖啡厅，我们不见不散。"

史纤吃了一惊，回头看去，只见那个穿鲜艳花衬衫的大背影一晃，钻进出租车，在滚滚车流里绝尘而去。

他掏了掏耳朵，拍两下巴掌，检查耳朵是否还灵。一直走到火车站的安检门，他还好几次回头张望。

好了，接下来的故事，读者们都已知道了。传说中的史纤先生大概就这些了，可能也只有这些了。

链接一

一九七七：青春之约

（二〇〇七年班会献礼视频提纲）

班会筹备小组撰稿
二〇〇七年一月第三稿

引子

配音　　这张老照片拍摄于一九八一年。

M大学中文系七七级二班十二个年轻人，曾在东麓山下留下了这一张合影。照片上第二排最右边的人名叫楼开富，是当时的班长。据说他借晋代"竹林七贤"的典故，给这张合影起了一个不无戏谑的标题——"东麓十二贤"。毕业时，十二贤中有一人病休，一人辍学，其余十位在赵小娟家临别聚会。兴之所至，他们相约十年后的同月同日再来相见。

也许这一约定并没有被很多人当真，或者很快被多数人在忙碌日子里忘却。于是十年后的那一天，当林欣穿越千山万水，赶赴一个同学们都已忘却的约定时，她的窘迫和悲伤可想而知。

同期　　赵小娟家的旧居照片。

取代赵家旧居的银行营业部。

林欣接受采访，谈赴约那一天的大雨，以及返程火车上的拥挤和混乱。

配音　　在很多人看来，林欣的失望就是文学。不是吗？文学是人间的温暖，是遥远的惦念，是生活中突然冒出来的惊讶和感叹，是脚下寂寞的小道和众人都忘却了的一个微不足道的约定。

三十年过去了。在纷纷扰扰的岁月中，我们来来往往，飘萍无迹，动如参商，任岁月改变我们的面容，我们的处境，我们的经验足迹，只是心中渐渐生长出更多的感怀——也许这就是最广义、最本质的文学？

今天，让时间稍作回放，我们从四面八方重聚东麓，重温青春时光。我们这些曾经的失约者，也许可以把友人多年前那一次扑空的来访，永远接纳在这个春天。

（黑落黑起）
【片名】一九七七：青春之约

第一篇·向新时代注册报到

配音　一九七七年十一月七日，董国云坐拖拉机进城，卸完粮食后去县教育局报考，用他的话来说，花五毛钱买到了未来的通行证。对于很多考生来说，因为新政策撤除了家庭出身、领导批准等环节，这几乎是他们人生中第一个低值然而无价的平等机会。

同期　董国云接受采访，谈参考那天的经过和心情。来自各乡镇的农村青年几乎没有谈论试题答得如何，甚至也根本不知道哪些大学在哪里，大学是怎么样，只是被重开考场这一新鲜事物刺激得兴奋不已。

配音　一九七七年的中国，惊雷动地，风起神州。地不分东西南北，人不分贵贱强弱，一千多万曾被挡在大学门外的青年，突然拥挤在时代的十字路口。这些高龄或低龄的求知人，这些农夫或士兵，猪倌或铁匠，赤脚医生或钻井队员，共同遭遇了一个激情四射的故事。他们在几乎毫无准备的情况下，一头撞入了世界历史上最大规模的一次高校招考。
　　这一次参考人数超过很多国家的国民总数，录取率不足百分之五，低得有些可怜。但在他们的某些亲友看来，即便考不上，他们也是匆匆上前线，投入一次新的长征和救亡，挺进时代的知识前沿。

同期　　毛小武接受采访，谈报考时连一张自己的免冠照都没有，因时间太紧，只好从全家福照片铰下来一块，尺寸超标，且为奇怪的菱形，放在现在是不可能接受的，但当时区招生办居然同意他报考了。

同期　　学校招生办的舒老师接受采访，谈当时人才断档，经济凋敝，人心不宁。据说当时竟拿不出足够的纸张来印制考卷，由中央果断决定调用印刷《毛泽东选集》第五卷的用纸，才得以应急解困。

配音　　即便面对飘雪的寒冬，很多人却说这一年的中国没有冬天。一九七七年，"文革"终于被画上句号。这一年五月二十四日，刚刚复出的邓小平发表了《尊重知识，尊重人才》的讲话。八月四日，邓小平同志主持召开"科学与教育工作座谈会"时当即决定恢复高考。十月，新华社、《人民日报》、中央人民广播电台等都以头号新闻发布了恢复高考的消息。特别是邓小平亲自将"政治出身"一栏划去，终结了一个沉重的年代，实现了国家对"不拘一格降人才"的政策理性回归。

同期　　吴晓明接受采访，含泪回忆当年对狱中父亲的怨恨，以至父亲获得平反后，自己仍余恨未消，参考那天见父亲来送行，未与老人家打招呼。

同期　　当年的准考证、录取通知书等原件照。

同期　　徐晶晶接到录取通知书，在田埂上奔跑，大喊："录取了……"

配音　　同徐晶晶一样，许多人在田野、山林、工厂、军营里奔走相告，而这一步正是他们命运的拐点，是一个人生幻境的突然敞开。一九七八年春暖花开时节，他们延后半年终于入校，从四面八方聚合成了一个特别群体，拥有一个共同的标志：M大学中文系七七级二班。

这个群体共有六十三人，最大的三十八岁，最小的十六岁。除了少数应届的娃娃生，这里还有不少"叔叔"和"姑姑"，大多带有血泪往事与江湖历练，从而使这一届学生的气质与风貌大异于往届。青春浪漫的校园，因为他们的到来多了几分沧桑。

同期　　年龄最长的学生伍天佑接受采访，谈自己的家庭，自家的承包地，还有自己与儿子在相邻两所大学同时上学的故事。

同期　　马湘南接受采访，谈自己在部队里差一点误射火箭弹炸死战友。

同期　　肖鹏接受采访，谈"文革"期间自己在乡镇企业时读地下的手抄书。

配音	在新中国极为艰难的年代，他们中间的很多人曾远赴穷乡僻壤，从茧皮与汗水中体味人生，在寒月与油灯下长守孤独，靠疲倦收工之后的一支口琴或三两本禁书来叩问文明。这群人拒绝放弃，但也前路茫茫。
	然而，似乎一夜之间，幸运之鸟落到他们肩头，几乎熄灭的梦想重新燃烧。他们终于走进了知识的殿堂、人才的摇篮、壮丽人生的起飞线，甚至是可以扩张个人价值和攀升社会等级的机遇之门。他们该如何承受这种巨大的惊喜？他们是否都体会到这一幸运里隐含的某种责任？
同期	段保罗接受采访，谈备考时由工友们代工顶班，又蒙领导热心批假，脱产复习，来省城报到那一天，被公交车司乘人员免费优待。
配音	幸运总是带有一点偶然性。可以设想，如果七七高考推迟若干年，这批参考生就可能错失良机，在幸运列车之外身影远退，最终成为时下人海中面容模糊的农民工、下岗者、街头小贩。因此一个七七级大学生这样说过：在命运的算式里，个人价值与社会大势的关系，不是加法的关系，而是乘法的关系，一项为零就全盘皆失。
	这位同学用一道算式，表达了他们对时代的深深感恩。

【片花】

第二篇·A课：理想的修辞

配音　　那是一段思想解冻和文化破冰的岁月。一篇题为《哥德巴赫猜想》的报告文学塑造了一代知识偶像，重建了知识的崇高，一时洛阳纸贵。"知识就是力量""夺回失去的十年"，成了万千学子的座右铭。被极"左"政治压抑了多年的求知欲，在一夜之间实现井喷，无法遏止，浩浩荡荡，几乎定格在这个班每一张纯朴的脸庞。

　　　　这一年，女生高隽珠因学习的过度紧张而病倒回家了。为了宽解她的焦虑，几位同学曾给她写过这样一封信，鼓励她战胜病魔，重返校园，决不掉队。大家还发起了资助她治病的捐款。

同期　　慰问信原件。

同期　　楼开富接受采访，谈同学们捐款助医的过程。

同期　　曹立凡接受采访，谈当时苦读的情况，有些人在学校强制熄灯晚休后点上煤油灯，打开手电筒，或干脆带一把赶蚊子的蒲扇坐到路灯下。

同期　　耿文志接受采访，谈图书馆里争相占座和抢座，还有限期归还的某本紧俏书，需要寝室里八个人三天内读完，于是大家在夜里接力式阅读，靠一个闹钟掐时间，轮流起床换人。

同期　　赵小娟接受采访，谈组里全体同学去新华书店隔夜排队，抢购新书。

配音　　在这个班的一位同学家中，我们看到了一本足足有二十毫米厚的课堂笔记本。翻开红色的硬壳封面，里面每一页都密密麻麻地布满了工整的字迹，大到段落大意，小到逐字注解，清清楚楚地录下老师传授的每一个知识点。字里行间，后人不难品味出当年求学的虔诚与幸福。时任中文系主任做过一次调查，这个班的学生平均每天阅读量高达三万字。

同期　　老师汪家文接受采访，谈他印象最深的几位学生，有侯瑞彬、赵小娟、史纤、高隽珠等，认为遇上这一届学生，是他教学生涯中空前的大幸。

配音　　不能不提到的是，这些学生大多品尝过生活的磨难，多少有过一些社会阅历，似乎是中文系最合适的生源。他们不平则鸣，悲愤出诗人，早已经历过生活这种大文学，至少已有不少感觉和经验的准备——何况他们入学前，还多是各地的土秀才或报刊新面孔。

　　　　各路游侠东麓论剑，文学成了这个群体的集体特质：热情，敏感，富于想象，乐于引经据典，不无雄心甚至偏激轻狂。他们投身于一次文学起义，几乎把自己看成了剪成短辫的李清照，敲着饭盆的曹雪芹，再不济也是个骑上二手单车的别林斯基。他们那时候醉心名著，热衷于玄想和悲怀，哪会瞧得起后来人们趋之若鹜的炒股和炒楼？

同期　　周来祥接受采访，谈自己写小说。

同期　　陆一尘接受采访，谈校广播站用稿，还有全系第一次诗歌朗诵会的举办。

配音　　从十年的文化黑暗中复苏过来，他们几乎都有表达的饥渴。于是有了"爆炸诗人"耿文志的佳话，有了"田园诗人""短裤诗人"史纤的传奇，还有了女同学们用字条传来传去的各种仿古诗词。

同期　　耿文志谈自己诗作在全省评奖中被批判和淘汰的经过。

配音　　八十年代初，从北大的《早晨》，到杭大的《我们》，再到武大的《珞珈山》，很多高校纷纷亮出自己的文学旗帜。一九七九年十月十五日，抢在中文系系刊创办之前，这个班由周来祥牵头，自编文学油印期刊《朝晖》，迅速吸引了全校师生的眼球。

同期　　周来祥接受采访，谈《朝晖》创刊和编委班子，以及后来马湘南等人上街叫卖刊物的故事。

同期	林欣接受采访，谈武大、中大等学校的文学社团派员来校交流，她在公交车站手持《朝晖》作为接头暗号。
配音	文学承担着的人类良知，是社会进步的敏感神经。中文系学生会大型壁报《我们》创刊，部分稿件直指"四五"天安门事件和"实践是检验真理的唯一标准"等敏感时政话题，提倡讲真话，无异于投下了一颗不小的思想炸弹，形成了巨大的舆论冲击波。
同期	《我们》的现场照片。
同期	老师卿伟达接受采访，谈《我们》留给他的印象，包括一张中国地图，上面凡已就"实践是检验真理的唯一标准"表态的各省，均被涂成了红色，只有台湾与这个省为两块空白。这无疑是敦促省领导跟上思想解放步伐，其反讽意思十分尖锐。
同期	侯瑞彬接受采访，谈对"真理标准"的争议，包括省委机关派人来校抄录壁报，旁听学生讨论会。
配音	大约是两周以后，十一月二十八日，省党报终于发表社论，正式就"真理标准"问题表态，消除了壁报上中国大陆地图上最后一块空白。至此，思想解放初战告捷，极大鼓舞了众多学子，其政治热情空前高涨。

卑鄙是卑鄙者的通行证，高尚是高尚者的墓志铭。遇罗克、张志新、童怀周等，一个个时代英雄激荡着多少青

年的家国情怀，让多少感时忧国之士把栏杆拍遍？这样，僵化的"八禁"在民意压力下终被取消。时隔两年之后，一九八一年春，因新建教学工程的严重问题，因官方媒体捂盖子，终酿成"揭黑反腐"更大事端，有其他高校师生和社会各界民众卷入。

同期　周来祥接受采访，回忆风波后期，十多名学生代表受托上访请愿，最终由国家有关部委领导接见对话。

同期　陆一尘接受采访，谈校方对舞会、社团等新事物的解禁过程。

同期　侯瑞彬接受采访，谈同学们返校复课情况，以及全国人大常委会调查组的入校调查和结论形成。这一结论既批评少数学生的"自由化"表现，又批评了有关领导方面有"官僚主义"的错误。

配音　直到今天，当事人从那些纷争中所获得的启迪仍不尽相同，摸着石头过河的经验消化仍在继续。但不管怎样，走出思想温室，一代人只有在大风大雨中，才可能进入国情的纵深，夯实自己社会和人生的认知。

　　　他们也许付出过代价。但代价本身也许就是成果，是人们后来不可绕过的遗产。他们奋斗过，焦虑过，摔打过，困惑过，反思过，光是这一条，也许就能使他们区别于各种观望者或沉睡者，给一纸毕业证注入沉沉分量。

同期	魏虹接受采访,谈同学们在 M 地区的实习和社会调查,包括学生社团"乡村建设研究会"的自发成立,乡镇企业、乡村教育、农民工等课题进入视野。
同期	孙吉有毕业后进入警队的工作照。 楼开富毕业后进入新闻媒体的工作照。 徐晶晶毕业后下乡从教的工作照。 马湘南毕业后创办企业的工作照。 吴秋芬赴俄罗斯从事跨境贸易的工作照。 ……
配音	这一代人注定要卷入一个三千年未有之历史变局。只是这种变局并非嘉年华,既意味着奇迹,也意味着苦熬和阵痛。对于他们来说,诗与远方其实就在脚下,是一砖一瓦和一针一线,甚至是后来日常的沉闷、困顿、焦虑、辛劳。 他们做不了太多,也许只是匆匆而过的流星。但他们的理想曾共振在一个时代的新起点——这已经使他们拥有青春增值的一份幸运。

【片花】

第三篇·B 课:世俗的语法

同期	(以邓丽君为背景音乐的资料影像)街头个体户商贩涌

现；日本日立公司巨大的广告牌；深圳特区动工建设；歌舞厅里的红男绿女……

配音　一个西方观察家在描述二十世纪八十年代大学生时，曾提到这些年轻人不但高唱《国际歌》，而且私下里爱唱邓丽君。这个细节很容易被忽略，却注解了一个时代的重要特征。显而易见，传统的革命激情仍在延续，但青年们不再拒绝世俗，恰恰相反，个性、利益、功名、情爱、享乐一类倒成了理想的应有之义，个人欲望成了公共利益的出发点和落脚点。

对于这些多少有过些社会阅历的学子来说，他们来自清贫和禁制的往日，其理想从一开始就翻腾着人间烟火与食色天性。那么这是衰变，还是革新？是可疑的人格分裂，还是必要的观念重组？

同期　沈剑日记（自己念），记录自己第一次参加舞会，第一次同女生实现身体接触，浑身热乎乎的。青年人的胆子越来越大，开始多是旁观，然后越来越多地尝试。

同期　陆一尘接受采访，谈男生用望远镜偷窥女生宿舍。

同期　电影《庐山恋》片段资料，最早的一场吻戏。

配音　当时电影的吻戏禁区被一点点打开。《甜蜜的事业》《庐山恋》等一系列电影深受观众喜爱，小说《爱情的位置》《爱是不能忘记的》等在校园广为流传。虽然不得恋爱的校规仍然有效，至少在理论上有效，但爱情已经明显闪烁于邻桌的顾盼之间，跳跃在擦肩而过或者故作矜持之际——何况这里一部分学生已属大龄，成熟体魄正分泌出情感邀请。

同期　赵小娟的诗（自己朗读）：

《我真想进一次坟墓》
我真想进一次坟墓，让你为我而痛哭。
坟墓中我安详地沉默，听你爱情的第一次表露。
也许你会采一捧白花，作为我们定情的信物。
你把花插在坟头上，像是把心交给了我。
……

同期　赵小娟接受采访，谈写作这首诗的背景。

同期　季涛接受采访，谈一个寝室里的男生如何联手制作假情书，戏弄另一男生。

同期　侯瑞彬授受采访，谈外语系某男生与美籍外教恋爱，结婚报告未获批准，后来两人写信至中南海，终于在最高层的干预下走入婚姻殿堂。

配音　一九八〇年五月，《中国青年》杂志发表了一封署名为"普通女工潘晓"的长信《人生的路啊，怎么越走越窄……》，引发了全国性大讨论，成为尼采、弗洛伊德、叔本华、伯格森等西方思潮大举进入国门的前奏曲。一时间，这一片校区也暗潮汹涌，食堂、寝室、教室、走道、广场，处处都有唇枪舌剑，人们都是重新评估个人价值的激烈辩手。

同期　　沈剑日记（自己念），记录一次团小组会上关于个人主义的激烈争议，到底谁更幼稚，到底谁更浅薄，到底谁是真正的"小屁孩"和"伪君子"……自己与徐晶晶各执一词，互不相让，不欢而散。

同期　　沈剑接受采访，谈多年后自己与儿子类似的辩论，比对自己的前后变化过程。

配音　　不难发现，当时很多争议只涉及对与错，不顾及利与害；只说应该怎么样，不说怎样才有用——分歧后面其实有共同的青春底色。

当然，在世俗的语法里，"利与害"难道不就是更重要的"对与错"？一种少利、无利甚至失利的"对"又有什么意义？

这种利益理性的兴趣升温，与很多人的江湖打拼经验两相结合，催生了个人主义之潮。随意缺课，巧计套题，业余经商，好色寻欢，寻衅打架，醉酒装疯，任性远游……这一切也构成了诸多真实的局部。这样对吗？这样不对吗？

同期　　毛小武接受采访，谈马湘南带领他策划并成功实施望月

|||湖工程，空手套白狼，赚来了第一桶金。

同期　　高隽珠接受采访，谈女生寝室里第一双高跟鞋。八位同学关上门，每人都兴奋地试穿一下，一听到敲门声就赶快把高跟鞋藏起来。

同期　　肖鹏接受采访，谈套取考试题目的经验，比如，用打藕煤、买水果等办法讨好老师，比如，故意汇报错误的复习方向，逼老师情急之下透露口风。

配音　　这一代人不会把青春时光闭锁在几本教科书里。于是，一九八〇年十一月的"驱小张运动"就是书外与书内两个世界的摩擦之一。当事人也许事后不无反思：这一事件中包含了多少合理的反抗？又包含了多少任性的粗鲁？但压强已经积聚，裂痕已经绽开，一切既有体制和知识权威都进入了多事之秋。

同期　　周来祥接受采访，谈一些学生联名上书，要求驱逐观点僵化的某张姓教师。

同期　　汪家文老师接受采访，谈学生们爱提问，爱质疑，思想活跃，老师照本宣科还真不好混，弄不好就完全没法讲下去。因此老师都不敢懈怠，备起课来常挑灯夜战。

同期　　田海波接受采访，谈学校里的"课桌文学"和"厕所文学"。

配音　　浪漫的理想一旦潮退，散沙化的各谋其利便浮出水面。"厕所文学"中一句"家事国事天下事关我屁事"的涂鸦，虽不无夸张，却构成了大三那年的思想风向标之一。

　　　　这种消极和颓唐显然足够可疑。但事情的另一面是，如果清高者对各种世俗利欲都蒙上眼睛，捂住耳朵，那么这种清高会不会过于脆弱？又能挺住多久？如果任何崇高理想都是为了让人民大众吃好、穿好、玩好，那么吃好、穿好、玩好本身又错在哪里？

同期　　魏虹接受采访，谈校园恋爱现象普遍，但成功率极低，重要原因之一是人们开始挑剔家庭背景、经济条件，物质化压力日渐增强。

同期　　肖鹏接受采访，谈学生社团冒出来不少，不过有些现象也随之而来。比如，有的社团要求参加者缴会费，有的领导人要求开支接待费，有的工作岗位则是不给报酬就没人干。

配音　　即便一个物质化的大潮逼近，虚无与实惠的两种逻辑互为表里，但个人奋斗也并非世俗生活的全部。生活中有美声独唱，也会有杂耍和相声，更会有平淡无奇的应用文。但不论采用哪种样式，活力与定力的平衡不可缺少。

　　　　情商也是一种智商，志向也是一种智慧，价值观本身常常就是强者的重要优势。作为这张黑白老照片中观棋的微笑者，侯瑞彬后来就自有他的选择，构成了这届同学中的另一道风景。

同期　　侯瑞彬在寝室里观棋的照片。

同期　　侯瑞彬在西藏林芝地区支教的照片。

同期　　侯瑞彬接受采访，谈自己毕业后援藏七年的经历和体会。

同期　　教师卿伟达接受采访，谈这个班后来产生的各种人才和成果，且"伤亡率"极低——这是指至少到目前为止，全班学生中众多出任公职者，尚无"双规"落马之闻。相比之下，其他班就有一位高才生，前不久因操纵一论文造假集团，吞噬国家社科基金千万，终获重刑，令人惋惜。

配音　　我们一同入学，就要一同升学，一同走向社会……一个也不能少。这就是他们当年帮助困难同学时的决心，大概也是他们毕业后总是情感上分而不散原因所在。

　　　　无论这一承诺最终实现了多少，能信守到什么时候，他们一直在努力，在打拼，在团结互助，就像肖鹏同学在一篇小说里写过的：七七级，雄起！

　　　　他们努力过——即便尚未抵达理想的终点，即便倒在或将要倒在前行的路上。

（黑落黑起）

第四篇·尾声：尚未定稿的故事

配音　　亲爱的，你是否还记得这张课桌，这张讲台，这块黑板，这条略有破损的砖铺走道，这一片月光如水的小树林和杂草地？
你在欧洲（吴秋芬等照片同期）；
你在美洲（季涛等照片同期）；
你在甘蔗林那边的南方（沈剑等照片同期）；
你在青纱帐那边的北国（田海波等照片同期）；
你在社会管理高层（魏虹、侯瑞彬等照片同期）；
你在春种秋收的山乡僻地（伍天佑等照片同期）；
你驾驭着巨兽般的财富和技术（马湘南、孙吉有等照片同期）；
你坚守在我们可以放心托付后代的讲台（林欣、高隽珠、耿文志、肖鹏、徐晶晶等照片同期）；
还有你，在我们以后肯定能找到的地方（柳新民旧照同期）
……

你们都是我生命的一部分，在我的血管里流淌。

也许有一天，你们在镜中发现了自己白发、眼袋、老年斑的某一天，会突然想起我们以前的弦歌浩荡，比方说《红河谷》。

同期　　（同学们齐唱《红河谷》渐强）

同期　　全体同学现有情况字幕表。

各位全家福照片，及今昔对比的特技处理。

配音　　我们是否还记得那些慈祥而辛苦的老师？那些知名或不知名的炊事员、清洁工、水电工、保安人员，以及曾经被我们烦过的某个院系领导？那些我们匆匆毕业离校时顾不上告别，于是永远再也找不到了的面孔？

同期　　学生们看望老师和其他员工，给他们献花。

看望对象的照片资料迭现。

配音　　三十功名尘与土，八千里路云和月。我们当年在M地区的实习期实在太短，更富有挑战性的大实习和大会考，其实在毕业后无限期展开。家庭与事业，挫折与成功，健康与心态，合作与竞争，中国与世界……面对这数不胜数的考题，谁敢说自己是个门门满分的骄子？谁不曾在浩瀚时空前一次次重新理解短促与渺小？

同期　　众多同学毕业后生活与工作的影像资料。

配音　　认识世界永无止境，哪怕就是认识自己，也是一条令人生畏的漫漫长途。从这个意义上说，二班从来就不是往日的二班。二班是三十年中一个不断发现的过程，是一种永远流动的传说。我们在当年的悲与喜，恩与怨，肯定与否定，在今天看来可能都错了——这已不再重要；可能都没错——这也无足挂齿。随着岁月向未来延伸，二班并不需要一个纪念章式的结语定论。

同期　　班庆征文作品集一页页翻过。

配音　　笛卡尔说：我思，故我在。

二班六十二位健在老同学可以说：亲爱的，我们回忆，故我们在。我们惦念，故我们在。我们千言万语却总是词不达意，故我们在。

同期　　史纤当年所写诗作片段：
你们好，我该走了。
在未来的岁月里，也许
只有在梦里，
才能回到你们身旁。
你远方的夜雨，
我身后的残阳。
你有春风里的问候，
我是星空中的诗行。
我的手就在这里，而你
今夜何方？

十年，二十年，三十年……
无论你哭泣，还是大笑，
无论你壮烈，还是颓唐，
朋友，请接受我的思念，
我的悲伤。

字幕　　鸣谢陆一尘同学提供部分照片、录影资料。
　　　　鸣谢红豆影视文化公司及孙吉有同学技术支持。
　　　　鸣谢恒远集团及马湘南同学资助。

链接二

补述一则

肖鹏留医住院的这一天,护士小莲来病房量体温,说你的书看完了,那个附录的视频有碟吗,有U盘吗,我想看一看。

她是指自己刚读了对方的一本白皮书,出版社印发的限量试读本。

肖鹏笑了,说哪有什么视频,就是在小说里那么一说,别当真。

小莲不相信,说别小气啊,有借有还,多大的事。我只是想给我娃看一下,让他提前了解一下大学。他今年都高一了。

"我真没有。小说里的事你别都相信。"

"我伯爷说的,书真戏假。未必你自己都不信?"

肖鹏愣了。

"出版社可是党和人民的喉舌,未必也说假话?"

肖鹏的脑子更没转过来。

"算了,算了。"小莲撇了撇嘴,"不就是没收过你的烟吗?小心眼!"

肖鹏不知该如何解释："小莲，我同你说实话，那个附录的脚本，是我借用了一个表妹那里的，只是做了点手脚，把我的几个人物塞了进去。不好意思，这种偷梁换柱的事，子虚乌有的事，在我们这一行里常有……"

　　"书也要造假了？这有意思吗？浪费那么多纸，多好的纸。"

　　"这不叫造假。哎……不要这样看我。"

　　"看你也不像个骗子。依我看，你只是应该转科了。"

　　"转哪里？"

　　"精神内科，对面那个楼。"

　　肖鹏抹了一把脸上的苦笑。

　　对方已从他腋窝抽出体温计，对着窗户看了看，竟然哼了一声："三十六度八，还正常了，了不起哈。"她又闷闷地拨开对方，在对方身后的枕头下一掏，在被褥下一摸，再次搜出香烟和打火机，冲他晃一晃，塞进白大褂口袋，横上一个白眼："抽吧，抽吧，没见过你这样的。怎么不再烧你三五天呢？怎么不再给你打五六个动脉支架？"

　　她到底是一个退役的举重运动员——肖鹏觉得她刚才一拨，已重击出自己右臂的内伤，痛得他紧闭双眼，摸了摸痛处，好一阵说不出话。他居然许诺给对方介绍男朋友，看来根本不管用，没法让运动员的动作变柔和一点。他最后只能眼睁睁地听任她推着护士车出门而去，留下一路叭叭的鞋跟声。

　　他想起来，对方都忘记给他量血压了。

二〇一八年九月完稿
二〇二二年三月修订

图书在版编目（CIP）数据

修改过程 / 韩少功著. -- 上海 ： 上海文艺出版社,
2025. --（韩少功作品系列）. -- ISBN 978-7-5321
-8419-4

Ⅰ. I247.5

中国国家版本馆CIP数据核字第2025WV1725号

责任编辑：丁元昌　江　晔
装帧设计：付诗意

书　　名：修改过程
作　　者：韩少功
出　　版：上海世纪出版集团　　上海文艺出版社
地　　址：上海市闵行区号景路159弄A座2楼 201101
发　　行：上海文艺出版社发行中心
　　　　　上海市闵行区号景路159弄A座2楼206室 201101 www.ewen.co
印　　刷：浙江中恒世纪印务有限公司
开　　本：1240×890 1/32
印　　张：7.375
插　　页：5
字　　数：178,000
印　　次：2025年5月第1版 2025年5月第1次印刷
Ｉ Ｓ Ｂ Ｎ：978-7-5321-8419-4/I.6647
定　　价：58.00元
告 读 者：如发现本书有质量问题请与印刷厂质量科联系　T: 021-59404766